배신 기사의 유쾌한 신의 21(완결)

초판 1쇄 발행 2025년 1월 17일

지은이 ㅣ 가언
발행인 ㅣ 최원영
편집장 ㅣ 이호준
편집디자인 ㅣ 박민솔
영업 ㅣ 김민원 조은걸

펴낸곳 ㅣ ㈜ 디앤씨미디어
등록 ㅣ 2002년 4월 25일 제20-260호
주소 ㅣ 서울시 구로구 디지털로32길 30 코오롱디지털타워빌란트 1301-1308호
전화 ㅣ 02-333-2513(대표)
팩시밀리 ㅣ 02-333-2514
E-mail ㅣ seed_dnc@dncmedia.co.kr
블로그 ㅣ blog.naver.com/gnpdl7

ISBN 979-11-6145-671-3 04810
ISBN 979-11-6145-506-8 (SET)

※ 저자와 협의하여 인지는 붙이지 않습니다.
※ 이 책은 ㈜ 디앤씨미디어(시드북스)가 저작권자와의 계약에 따라 발행한 것으로 본사와 저자의 허락 없이는 어떠한 형태나 수단으로도 내용을 이용할 수 없습니다.

배신기사의
유쾌한 신의 21 (완결)

가언 판타지 장편소설

SEEDBOOKS FANTASY NOVEL

1장. 지켜만 볼 생각은 추호도 없습니다. · 7

2장. 서막 · 79

3장. 연극은 즐거웠나? · 127

외전 1장. 어느 견습 기사의 유쾌한 하루 · 189

외전 2장. 3기사단 곰돌이 수색 작전 · 217

외전 3장. 막내 시종들의 외출 · 243

외전 4장. 영웅은 그렇게 말했다. · 259

외전 5장. 외롭지 않게 살아라. · 287

외전 6장. 넓은 세상 · 303

외전 7장. 훨훨 멀리 날아가라. · 319

1장. 지켜만 볼 생각은 추호도 없습니다.

지켜만 볼 생각은 추호도 없습니다.

루미엘은 처음부터 알고 있었다.

체르니온 교의 성녀가 꺼낸 말들이 대부분 저 좋을 대로 해석한 것들이라는 사실을.

이리스는 아렌트가 세상에게서 신을 빼앗아, 종내에는 멸망에 이르게 할 생각이라고 이야기했다.

하지만 실상은 달랐다.

신이 없어도 세상은 멸망하지 않는다.

인간들이 신앙을 포기하면, 오히려 존속이 위태로워지는 것은 신들 쪽일 터였다.

역사가, 그리고 아렌트 폰 에크하르트가 밝혀낸 진실들이 그리 말하고 있었다.

루체의 폭거에 불의 신이 잊혀졌지만, 인간들은 여전히

불꽃으로 일궈 낸 문명 속에서 잘 살아가고 있었다.

다른 신들도 마찬가지였다.

지난 역사 속에서 숱한 신들이 지워졌다. 하지만 죽음에 이른 것은 오직 신뿐, 이 땅의 존재들은 문제 없이 번영해 왔다.

루체 신과 체르니온 신도 그와 다를 바 없겠지.

아렌트가 그 사실을 모를 리 없었다.

이리스와의 대화로 더욱 절절하게 깨달을 수 있었다.

'이 세상에 연고조차도 없고, 루체 님께 모든 것을 다 빼앗겼다는 아이가······.'

얼마나 속이 타들어 갔을까.

루미엘은 어둠 속에서 눈물을 뚝뚝 떨어뜨렸다.

처음 이야기를 들었을 때부터 멎지 않던 눈물은, 잔인한 운명을 짊어진 그를 향한 안타까움 때문이었다.

'당장 그를 떠올리는 나도 오장이 끊어질 것 같은데······.'

그런데도 천연덕스럽게 우스꽝스러운 사고를 쳐대며 소란을 피워 댔으니.

게다가 루체를 모시는 대신관인 자신조차도 아무렇지도 않게 대했다.

시큰둥하고 뚱하던 얼굴 뒤에서, 그 속이 얼마나 썩어 들어갔을지 감히 상상하기도 두려웠다.

그래서였다.

대신전에 곁에 남기로 결정한 것은.

아렌트의 세상에 루체 신은 필요 없다.

루체 신이 정의라는 말은, 더 이상 거짓으로라도 늘어놓지 못하게 되었다.

나쁜 부모의 뒤를 따라 함께 감옥에 들어가는 자식의 심정으로, 루미엘은 제 생을 이곳에서 마감하기로 결심했다.

하지만 그 목숨조차도 마음대로 할 수 없으니…….

'루체 님.'

루미엘은 그저 바랄 뿐이었다.

한시라도 빨리 루체가 자신의 목숨을 거두어 주기를.

* * *

"헉, 허억……."

곁에 있는 아렌트의 호흡이 점차 거칠어졌다. 적을 쓰러트리는 검도 점차 둔해지고 있었다. 하지만 반대로 그의 주변에 떠도는 한기는 점차 강해지고 있었다.

덕분에 아서는 신경이 곤두설 수밖에 없었다.

더 이상 아티팩트를 스스로 조절할 수 없게 되었다는 의미였으니까.

돌아가라는 말이 목 끝까지 치솟았지만, 아까 아렌트가 싸늘하게 말하던 모습이 떠올라 차마 그러지도 못했다.

'평생 원망한다고 했던가.'

아니, 차라리 남을 원망하면 다행이지. 이놈은 평생 제 탓을 하고도 남을 녀석이었다.

"콰르르르릉!"

머리 위에서 하늘을 찢을 듯한 폭음이 터져 나오며 지면이 뒤흔들렸다.

"크으윽!"

아서는 반사적으로 아렌트를 감쌌다. 지면이 거세게 흔들리는 통에 두 사람 다 그만 균형을 잃어버리고 바닥에 고꾸라지고 말았다.

다시 가까스로 고개를 들었을 때는, 그들보다 먼저 움직이기 시작한 구울들이 스멀스멀 다시 접근해 오고 있었다.

"돌겠네, 진짜!"

아렌트를 놓아준 아서가 다시금 검을 휘둘렀다.

주변은 엉망이라는 말로도 채 다 설명할 수 없을 정도로 혼란스러웠다.

아렌트의 서리와 화공의 여파로 사방으로 번진 화염, 그리고 구울의 시신들.

게다가 그런 와중에도 기괴한 모양새로 부활한 구울들이 스멀스멀 기어 오고 있었다.

거기에 아렌트를 끈덕지게 노리는 신관들은 덤이었다.

"야, 괜찮……. 이 새끼 또 어디 갔어?!"

"선배가 느린 겁니다."

그리고 겨우 걸음이나 떼는 주제에 눈만 떼면 앞서 나가는 빌어 처먹을 후배 놈까지.

"좀! 이 새끼야, 좀!"

결국 아서는 전장 한복판에서도 복장을 터뜨릴 수밖에 없었다. 그때, 신관이 아렌트의 뒤를 노리고 살금살금 접근해 왔다. 아서는 결국 이를 앙다물고 신관에게 그 분풀이를 할 수밖에 없었다.

"대신관님이 어디 계신지는 알고?"

"알겠습니까? 성녀랑 같이 계실 수도 있고, 아니면 어디 따로 갇혀 계실지도 모르죠."

앞을 막는 적을 모두 처리한 두 사람은, 다시 빠르게 발걸음을 옮기기 시작했다. 아렌트가 정면을 보며 무심하게 덧붙였다.

"아직 생존해 계실 확률이 커요. 기껏 만든 처형대가 아직 제 역할을 못 해냈으니까요."

"……."

"아직 나도, 대신관님도 못 매달았잖아요."

아서가 질린 표정을 지었다.

저런 말을 아무렇지도 않게 꺼내는 게 더 무서웠다.

만에 하나 루미엘이 이미 목숨을 잃었다 판단했으면, 애초에 이렇게 움직이지도 않았겠지.

제 감정 따위는 손쉽게 죽여 버릴 정도로 무시무시하게 이성적인 놈이니까.

지켜만 볼 생각은 추호도 없습니다. 〈13〉

"이 넓은 대신전 안에서 그분을 어떻게 찾아? 그리고 성녀가 가만히 있을 리 없는데……."

"방법이고 나발이고."

아렌트가 아서의 말허리를 잘랐다.

"지금은 정면 돌파뿐이에요."

아렌트가 그리 말한다면 정말로 방법이 그것 하나뿐이라는 뜻이었다. 아서의 얼굴이 굳으려는 찰나.

"저기 아렌트 폰 에크하르트가 있다!"

"저놈의 목을 잘라서 성녀님께 진상해라!"

체르니온 교 신관들의 우렁찬 외침이 들려왔다.

급히 고개를 돌리니, 어느새 한 무리의 신관들이 접근해 온 게 보였다.

"……!"

그뿐만이 아니었다.

쿠우웅.

신관들의 반대쪽에서 육중한 발소리가 들려왔다. 거대한 거인 구울이 무기를 들고 그들을 향해 어슬렁대며 다가오고 있었다.

"쯧……!"

검을 고쳐 쥔 아렌트가 재차 서리 어린 손길을 강하게 발동했다. 다시 그가 적들을 향해 달려들려는 찰나, 아서가 말했다.

"너 먼저 가라."

"네?"

"여기서 저 새끼들 발목 잡고 있을 테니까, 먼저 가라고!"

아렌트의 얼빠진 물음에 아서가 사납게 쏘아붙였다.

"여기에서 천년만년 싸우다간 너부터 뻗을 게 뻔하잖아, 빨리 가!"

"……."

아렌트를 팍 밀치며 아서가 버럭 고함쳤다.

아렌트는 얼굴을 설핏 굳혔지만, 고민은 길지 않았다.

몸을 휙 돌린 아렌트가 한발 먼저 그 자리를 벗어나기 시작했다.

신관들이 외쳤다.

"놓치지 마라!"

막 아렌트를 추격하려는 그들의 앞을, 아서가 한발 먼저 가로막았다.

"웃기지 마시지, 네놈들은 내가 상대한다!"

솔직히 혼자 막기에는 버거운 수였다. 하지만 어쩔 수 없었다. 그것보다 더 좋은 방법은 생각나지 않았으니까.

'망할.'

검을 다잡으며 아서가 되뇌었다.

'진짜 후회하셔야 할 겁니다, 대신관님.'

루미엘 대신관에게 얼마나 큰 뜻이 있었는지, 자신은 잘 모른다.

하지만 본인의 안위를 위험하게 만들어서, 아렌트가 눈이 돌도록 만든 것만큼은 나중에 반드시 따져 물을 생각이었다.

아서는 분노를 꾹꾹 눌러 담아, 있는 힘껏 소리 질렀다.

"덤벼, 이 미친 사이비 새끼들아!"

아서를 뒤로한 채 아렌트는 비틀대며 앞으로 전진해 갔다.

머리가 멍했다. 이따금 조우하는 적을 해치우면서도, 정신을 제대로 차릴 수가 없었다.

"적이다!"

"아렌트 폰 에크하르트다!"

또 한 무리의 적들이 몰려들었다. 아렌트는 검을 틀어쥐고 서리 어린 손길을 발동했다.

"죽여, 크아악!"

몸에 밴 움직임으로, 아렌트는 기계적으로 적을 해치워 나갔다. 이따금 상처가 더 늘어나기도 했지만, 아렌트는 신경 쓰지 않고 움직였다.

서걱!

신관의 목을 날려 버렸다. 채 숨이 끊어지지 않은 몸통이 반격을 가해 오려 했지만, 금세 새하얀 서리에 잡아먹혀 버렸다.

머리 위에서는 렉시온이 니케포르와 사력을 다해 전투 중이었다. 아서 역시 혼자서는 버거울 적들을 상대하고 있을 테고, 라이오스는 부상 입은 몸으로 남은 호문쿨루스를 토벌하려 할 터였다.

문득 회의적인 생각이 들었다.

'이거, 끝나기는 하나.'

이 지옥 같은 전쟁이.

하지만 이 막막함조차도 사치라는 걸 깨닫고는 그만두었다.

적의 검이 뺨을 아슬아슬하게 스쳤다. 아렌트는 뒤에서 덮쳐 온 신관의 명치에 검을 꽂아 넣었다.

푸우욱!

적은 제대로 비명조차 지르지 못하고 얼음에 뒤덮여 절명했다.

검을 쑤욱 뽑은 아렌트는 다시금 정면에서 검을 치켜든 신관에게 맞섰다.

카아앙!

검이 사나운 소리를 내며 정면으로 부딪쳤다.

'이제 와서 막막하다고 하기엔.'

너무 멀리 왔다.

다른 사람들에게 너무 많은 짐을 맡겨 버렸다.

정신 차리고 보니, 주변의 적들이 모두 쓰러져 있었다. 아렌트는 시신들에 둘러싸여 잠시 멍하니 있었다.

하지만 그것도 잠시, 그는 곧 움직이지 않는 발을 질질 끌며 이동하기 시작했다.

잠시 탁해졌던 눈동자에 다시 서서히 독기가 어렸다.

지금부터 두 사람을 찾아야만 했다.

어떻게든 이 세상에서 지워 버려야 할 광신도와, 무슨 수를 써서라도 죽게 하고 싶지 않은 사람을.

* * *

눈을 뜨기도 전, 강렬한 피비린내가 몰려들었다. 눈앞을 물들였던 빛이 사그라들고, 시야가 차차 돌아왔다.

워렌과 스텔은 답지도 않게 잠시 얼어붙고 말았다.

"이게 도대체……."

워렌이 침음을 흘렸다. 거대한 동공(洞空)이었을 공간이 온갖 기괴한 것들로 가득 차 있었다.

"호문쿨루스인가?"

"……아마 그런 것 같군."

워렌의 물음에 스텔이 잠시 뜸을 들이다가 대답했다.

새빨간 근육 덩어리 같은 뭔가가 공간을 가득 채우며 꿈틀꿈틀 움직이고 있었다. 무엇보다 처참한 것은…….

"죽을래, 차라리 죽여 줘!"

"으아아악! 아아아아악!"

붉은 핏덩어리 같은 호문쿨루스의 조직 표면에서, 인간들이 숨이 끊어지지 않은 채 비명을 지르고 있다는 거였다.

한쪽 벽면에는 거대한 마법진이 끊임없이 빛을 내고 있었다.

아마 지금 치열하게 전투가 벌어지고 있을 곳에 연결된 소환진일 것이라, 두 사람은 어렵잖게 짐작할 수 있었다.

워렌이 얼굴을 딱딱하게 굳혔다.

"저 인간들을 구할 수는 없나?"

"그건 힘들 것 같다. 잘 봐라."

아직 숨이 끊어지지 않은 인간들도 호문쿨루스에게 반쯤 융합되어 있었다. 저들의 뇌까지 완전히 잡아먹히는 순간, 인간으로서의 이지는 사라지고 한 마리의 구울로서 재탄생하게 될 터였다.

"차라리 죽이는 편이 저들에게는 구원이겠지."

체르니온 교단의 감언이설에 속아 넘어간 자들의 말로였다.

"그럼 어쩔 수 없지."

짧게 고개를 끄덕인 워렌이 잠시 숨겨 두었던 날카로운 발톱을 꺼냈다.

스텔이 말을 이었다.

"그리고 파괴하는 것도 수월하지는 않을 것 같다. 드래곤의 강화 마법이 걸려 있는 데다가……."

그가 한쪽 구석을 눈짓했다. 한쪽에서 검붉은 핏덩어리처럼 보이는 꿈틀대며 몸을 일으키고 있었다.

"아무래도 방해꾼이 있는 듯하군."

갓 태어난 구울 무리들이었다.

두 발로 몸을 일으켜 세운 구울들이 스텔과 워렌을 향해 천천히 접근하기 시작했다.

"어려울 것은 없을 것 같다만. 그냥 구울이든 저 이상한 괴물이든, 다 파괴하면 되는 것 아닌가?"

"역시 늑대답다고 해야 하나."

워렌이 짧게 툭 내뱉자 스텔이 고개를 끄덕였다.

"단순 무식한 것 하나만큼은 마음에 든다."

* * *

단순 무식이라는 말이 이토록 잘 어울리는 전장이 또 있을까.

더 이상 생각이나 전략 따위는 필요 없었다. 이 끔찍한 공간을 파괴해 버리겠다는 일념만으로, 워렌과 스텔은 자신의 야성에 오롯이 몸을 맡겨 버렸다.

"캬오오오오!"

거대한 늑대가 막 태어난 구울들을 도륙 냈다. 스텔 역시 몸집을 부풀려 마구 날뛰기 시작했다.

두 사람은 입 안에 가득 들어찬 적의 파편을 뱉어 내고, 다시 물어뜯기를 반복했다.

구울들의 모체는 아무리 찢고 뜯어도 계속해서 재생했다. 모체를 지키려는 본능이 이식된 구울들의 방해 역시 계속되었다.

생존의 위협을 느낀 구울들은 한층 더 거세게 날뛰기 시작했다.

그러나 그런 것쯤은 아무런 상관도 없다는 듯, 두 사람은 눈앞에 보이는 모든 것을 부수고 죽이는 데에만 집중했다.

쾅, 콰아아앙!

스텔이 마구잡이로 마력탄을 날리고 구울의 살점을 뜯어내면, 워렌은 사방을 가득 채운 구울 모체에 발톱을 박아 넣었다.

조용히 유지되던 구울들의 고향은, 두 짐승에 의해 짓밟히기 시작했다.

* * *

"크에에에에엑!"

구울이 갑자기 경기를 일으키며 비명을 질렀다. 적들을 상대하는 데 집중하던 아서가 당황해 한걸음 뒤로 물러섰다.

"뭐, 뭐야?"

하지만 아서의 그런 반응은 전혀 안중에 없는지, 구울들은 갑자기 목표를 잃고 사방으로 미쳐 날뛰기 시작했다. 그들을 몰고 온 신관들 역시 당황한 것은 마찬가지인 듯했다.

"이 새끼들 왜 이래?"

"잠깐, 설마……!"

신관들의 다급한 시선이 니케포르에게 닿았다. 그제야 아서 역시 뭔가를 깨닫고는 입을 크게 벌렸다.

"설마 녀석들이……!"

아렌트가 미리 보내 놨던 스텔과 워렌이, 구울들의 모체가 있는 곳을 기어이 찾아낸 거였다.

원래 그곳을 지키고 있었을 니케포르마저도 저 꼴이고 로저는 죽었으니…….

두 사람을 막을 수 있는 존재는 없을 것이다.

"하하하하! 밥값 제대로 하는구나, 워렌!"

갑자기 흥이 오른 아서는 우왕좌왕하는 구울들을 도륙 내기 시작했다. 당황한 신관들이 외쳤다.

"어떻게든 저놈을 막아라!"

대신전 외부 역시 상황은 마찬가지였다.

갑자기 일제히 혼란에 빠진 구울들은 저들끼리 공격하거나, 가까이에 있던 체르니온 신관들까지 덮치기 시작했다.

"이게 어떻게 된 거지?"

"워렌이랑 스텔 님이 성공한 겁니다."

다이아나의 다급한 물음에 라이오스가 답을 내어 주었다.

"케에에엑!"

"키이이이익! 케에에엑"

"이 새끼들이 갑자기 미쳤, 으아아악!"

어떻게든 구울들을 통제해 보려던 신관들은 되려 습격당하기 일쑤였다. 눈치 빠르게 상황을 알아차린 리히트가 소리를 질렀다.

"물러서라! 거리를 두고 상대해라! 적이 혼란에 빠졌다!"

"제길, 놓치지 마라! 몸을 빼게 두지 마!"

바야흐로 거리를 두려는 이들과 어떻게든 발목을 잡으려는 이들 사이에 난전이 벌어졌다.

통제를 잃고 날뛰는 구울들이 피아식별도 하지 못하고 눈에 띄는 모든 것을 공격하기 시작했다.

라이더가 적을 도륙 내며 짜증을 터뜨렸다.

"젠장, 이 미친 새끼들이 왜 더 날뛰는 거야?"

"침착해라! 지금이 기회다! 허점을 노려!"

그러나 리히트는 가차 없었다. 병력을 정비한 후방에서 재차 화공이 날아들었다.

"화공이다! 주의해라!"

적 신관이 외쳤지만, 이미 통제 불능에 빠진 구울들을 물릴 수는 없었다. 결국 구울들의 몸에 불이 붙으며, 불길은 더욱 거세게 번지기 시작했다.

화염은 끊임없이 재생할 수 있는 신관들에게도 크나큰

약점이었다.

"물러서, 물러서!"

신관들이 다급하게 외쳤지만, 몸을 빼내기 힘든 건 그들 역시 마찬가지였다. 구울의 표적이 된 이들은 쉽게 빠져나가지 못하고 화공에 휘말려 목숨을 잃었다.

하늘에서는 드래곤들이.

땅에서는 구울과 인간, 엘프들이.

모든 존재가 평등하게 날뛰는 지금, 대신전 앞은 아수라장이 따로 없었다.

리히트가 우렁차게 호령했다.

"승기를 잡았다고 방심하지 마라! 최대한 피해를 줄이는 데 집중해!"

"예!"

기세 좋게 대답한 기사들이 적들을 꾸준히 몰아붙였다. 집중포화를 받은 호문쿨루스들 역시 기력을 다해 가고 있었다.

리히트의 말대로, 승기가 눈앞에 보이기 시작했다.

* * *

짙은 어둠에 잠긴 방. 불과 몇 시간 전까지만 해도 고요하기 짝이 없던 공간이었지만, 지금은 아니었다.

대신전 외부에서만 들려오던 소란이 어느덧 가까워져

있었다. 게다가 니케포르까지 반쯤 망가진 상태이니, 더 이상 낙관적으로만 상황을 볼 수 없다는 뜻이었다.

"하아……."

이리스는 가볍게 관자놀이를 꾹꾹 눌렀다. 승리할 것이라는 가능성에 걸었던 도박이 위태로워지고 있었다.

호문쿨루스들도 거의 다 힘을 잃어 가고 있었다. 그러나 유감스럽게도 적들에게는 아직 힘이 남아 있었다.

단신으로 대신전에 쳐들어온 아렌트 폰 에크하르트를 막을 수 없다는 것부터가, 체르니온 교단의 여력이 거의 다했다는 걸 증명하고 있었다.

'도대체 어디서부터 잘못된 건지.'

아니, 지금 그것을 따지는 건 의미가 없었다. 앞으로 어떻게 대처하느냐가 문제지.

"밖에 있니?"

"예, 성녀님."

바깥에서 침착한 목소리가 돌아왔다.

"들어오렴."

달칵.

문이 열리고 신관이 들어와 곧장 부복했다. 체르니온의 신성력 덕분인지, 이런 상황에서도 크게 동요하지 않는 모습이었다.

그래서 이리스는 확신할 수 있었다. 앞으로 자신이 내릴 명령도 차질 없이 이행될 것이라고.

"아렌트 폰 에크하르트의 위치는 모두 파악하고 있겠지."

"예, 그렇습니다."

"그렇다면 다른 아이들에게도 전해."

길게 흘러내리는 머리칼을 매만지며, 이리스가 짧게 명령했다.

"그가 정원에 접어들면, 대신전에 불을 질러라."

"예?"

신관이 의아하게 묻자 이리스가 조곤조곤 설명을 이어갔다

"아렌트 경을 아무도 막지 못한다면, 더 이상 이 싸움에 가망이 없다는 뜻이니……. 대신전을 포기해야지."

멍하니 듣던 신관이 어설프게 반박했다.

"하지만, 성녀님. 니케포르 님이 아직 건재……."

"건재하신 게 아니야. 이번 싸움에서 승리하신다 하더라도, 예전 같은 모습은 되찾기 어려우시겠지."

언제나 차분하고 이지적이던 니케포르는 더 이상 보기 힘들 것이다. 그는 이미 반쯤 폭주 단계에 들어섰고, 모든 것을 파괴하는 광룡이 되었으니…….

예전처럼 신을 받드는 것은 불가능할 터였다.

"그러니……. 알겠니? 대신전에 불을 붙여. 아렌트 폰 에크하르트가 이곳에서 빠져나가지 못하도록. 그리고 후대의 아이들이 루체 님의 대신전을 더 이상 찬미할 수 없

도록."

멍하니 듣던 신관이 고개를 끄덕였다.

"예, 알겠습니다."

적어도 대신관과 아렌트, 그 두 사람만은 체르니온 님의 영광을 위해 죽여야만 했다.

* * *

콰아아앙!

코앞에서 터져 나온 어마어마한 폭음에, 니케포르는 어렴풋이 의식을 차렸다. 발아래 펼쳐진 참혹한 전장과 눈앞의 렉시온이 번갈아 보였다.

현재 니케포르가 느끼는 것은 일종의 해방감이었다. 양껏 날개를 펼치고 날갯짓하는 이 순간, 모든 속박을 벗어던진 것 같았다.

심지어는 신의 시선에서도 자유로워진 듯한 감각이었다. 눈을 찌르는 강렬한 햇살과 해 질 녘이 된 하늘 저편에서 보이는 어스름, 그리고 자연 모든 것이 전신으로 느껴졌다.

'아.'

속박에서 벗어났기에 더욱 잘 알 수 있었다.

신의 위대함을.

이렇게도 거대하고 광폭한 대자연을 다스리는 그 신성

함을.

'체르니온 님.'

막 그 신성한 이름을 마음에 담으려는 순간.

쿠우우웅.

어디선가에서 날아든 마력탄이 두개골을 강타했다.

케에에에에엑!

니케포르는 비명을 지르며 고개를 들었다. 그러자 검은 옷으로 전신을 감싼 한 남자가 눈에 들어왔다.

렉시온.

갑자기 머릿속이 차갑게 식으려던 찰나, 렉시온이 언월도를 휘둘렀다.

콰아아앙! 거대한 검격이 니케포르의 날개에 직격했다.

"헉, 허억……."

렉시온 역시 온전한 모습은 아니었다. 어깨 한쪽은 탈구되어 너덜대고 있었고, 오른쪽 머리는 거의 으스러지다시피 했다.

자신이 그에게 입힌 상처라는 것을 자각할 때까지, 다소 시간이 걸렸다.

'그랬지.'

지금 저 녀석과 자신은 적이었다. 서로 죽이려 안달 난 숙적.

아주 오래전에도 그랬다. 전쟁 무렵에도 자신과 렉시온은 서로 이를 드러냈었다.

몇 차례 진심으로 격돌했고, 니케포르는 영웅 칸을 비롯한 인간들과 동고동락하던 렉시온을 완전히 박살 냈다.

그래서 긴 수면기에 들게 하는 것으로, 전쟁의 뒤안길로 사라지게 했고.

분명히 그랬다. 거기까지 생각이 미치니, 지금 렉시온이 자신의 앞에 있는 이유가 의아해졌다.

'분명 해치웠을 텐데.'

그런 생각을 하면서도, 니케포르는 렉시온을 향해 브레스를 퍼부었다.

콰아아아앙!

하늘이 두 개로 갈라지는 듯한 파공음과 함께, 렉시온의 신형이 사라졌다.

다음 순간, 렉시온이 다시 나타난 것은 니케포르의 바로 코앞이었다.

"……!"

서걱!

커다란 검격이 니케포르의 목에 커다란 상처를 남겼다. 하지만 거대한 드래곤의 목을 완전히 베어 내기에는 다소 얕은 공격이었다.

"쯧."

잠깐 비틀대던 니케포르가 곧장 렉시온에게 반격을 가했다. 하지만 인지하지 못한 새 몸에서 제법 힘이 빠진 것인지, 있는 힘껏 내지른 발톱은 렉시온에게 간단히 막히고 말았다.

'해치웠다고?'

왜 그래야 했지? 다시 혼란스러웠다.

그가 기억하기로, 렉시온과 자신은 그리 사이가 나쁜 편은 아니었다.

원래 드래곤은 동족끼리 사이가 좋지만은 않으니, 서로 썩 달가워하지는 않았다.

하지만 니케포르는 종종 렉시온을 놀리는 데에서 재미를 느끼곤 했다.

최근에는 어린 드래곤을 찾아보기 더욱 어려웠다.

렉시온은 니케포르가 오랫동안 고독감을 느끼던 중 아주 오랜만에 만난 해츨링이었다.

젊다 못해 어린 녀석을 놀려먹는 것보다 재미있는 일은 없었다.

'저 핏덩어리 녀석은 날 싫어했지만.'

신을 모시는 것 외에는 별다른 보람이 없던 긴 생에서는 더욱 그랬다. 게다가 렉시온은 주기적으로 동족들을 찾아가는, 유난히도 별난 녀석이었으니까.

그리고 다시 지금.

니케포르는 진심으로 상황을 이해할 수 없게 되었다. 그러나 몸에서 끓어오르는 분노가 외치고 있었다.

지금 당장 저 녀석을 죽이라고.

케에에에에에엑!

큰 부상을 입은 목에서 피가 쏟아졌다. 거칠게 휘두른 발톱이 렉시온의 옆구리를 길게 찢어 놓았다.

이번에 찾아든 기억은, 자신 앞에서 반쯤 죽어 가던 렉시온의 모습이었다.

가까스로 호흡을 내뱉는 그를 향해, 니케포르가 자비를 담아 말했다.

-렉시.

렉시온은 자신을 이렇게 부르는 걸 끔찍이도 싫어했다.

-잠깐 잠들어 있으렴. 네가 일어날 무렵에는 세상이 바뀌어 있을 테니……. 이런 식으로 반항한 게 무의미했단 걸, 그때가 되면 너도 깨달을 수 있겠지.

자신은 어린 용을 그렇게 타일렀었다. 할딱할딱 숨이 넘어가면서도, 렉시온은 그를 증오를 담아 노려보았다.

분명 그때는 사냥감을 바라보는 기분이었다. 약간 애처로운 느낌도 들었다.

그래서 놓아주었다. 수면기에 들었다가 깨어났을 때, 체르니온이 지배할 새로운 세상을 맞이할 수 있게.

그가 베풀 수 있는 최선의 자비였다.

다시 현재.

결국 체르니온은 패배했고, 지금 자신은 루체 신에게서 세상을 되찾기 위해 싸우는 중이었다.

자신은 추한 짐승처럼 날뛰는 중이고, 어린놈은 상처투성이가 된 채로도 한없이 차가운 눈을 하고 있었다.

꼭 사냥감을 보는 것 같은 눈이었다.
언젠가 자신이 그랬던 것처럼.

* * *

콰드드드득!
렉시온이 막아 낸 브레스가 황성의 민가들을 반파했다. 쯧 혀를 찬 렉시온은 자욱한 먼지만을 남기고 흔적도 없이 사라진 건물들을 곁눈질했다.
"살다 살다 별꼴을 다 보는군."
니케포르가 정신을 놓고 미쳐 날뛰는 모습을 구경할 수 있을 거라곤, 단 한 순간도 예상치 못했다. 무기를 다잡은 렉시온은 새빨간 눈동자로 니케포르를 노려보았다.
키에에에에엑!
그가 내질러대는 강한 용언이 파동이 되어 주변을 초토화하고 있었다.
-꺼져! 꺼지란 말이다!
퍼엉!
렉시온은 한 손을 휘젓는 것으로 파동을 간단히 막아 냈다. 그러고는 곧장 마력을 끌어모아 무기를 크게 휘둘렀다.
서걱!
니케포르의 날개에 크게 베인 상처가 생겼다. 앞뒤 없

이 날뛰는 니케포르는 피하는 방법도 잊어버린 것 같았다.

케에에에엑!

고통스러운 비명을 내지른 니케포르가 다시 렉시온을 향해 달려들었다. 이성을 잃고 마구 남발하기만 하는 공격을 피하는 건 그리 어려운 일이 아니었다.

"이봐. 노인네."

콰아아앙!

니케포르의 이빨이 렉시온이 펼친 방어 마법에 가로막혔다. 렉시온은 무심한 눈으로 그를 올려다보았다.

"엄청 옛날이야기지만 말이야."

뒤로 물러선 니케포르가 재차 렉시온을 향해 거대한 발톱을 휘둘렀다.

카아아앙!

마치 금속끼리 부딪치는 듯한 소음이 터져 나왔다. 주변의 마력이 소용돌이치며 만들어 낸 폭풍 속에서 천둥번개가 번쩍였다.

"난 그쪽을 그렇게까지 싫어하지는 않았거든."

이지를 완전히 잃어버린 눈동자가 렉시온을 한가득 담아냈다.

"피도 눈물도 없는 우리 동족 중에서, 어린애 장난질이라도 받아 주는 건 능글맞은 노친네 정도밖에 없었으니까."

덤덤하게 대답한 렉시온이 언월도를 강하게 휘둘렀다.

콰아아앙!

보호 마법이 폭발하며 니케포르가 크게 비틀거렸다. 그 틈을 놓치지 않고 렉시온이 그에게 바짝 접근했다.

"하지만……."

푸우욱!

피가 쏟아지던 목에 다시 한번 렉시온의 언월도가 깊숙이 파고들었다.

"미쳐도 적당히 미쳤어야지."

그렇게 읊조리는 렉시온의 음성은 싸늘하기 그지없었다. 쑤욱 검날을 뽑자 검붉은 피가 사방으로 튀었다.

콰르르릉!

먹구름 사이에서 떨어진 천둥이 황성의 도심에 내리꽂혔다. 두 사람의 발아래에서 또다시 건물 하나가 반파되었다.

이제 황성은 렉시온의 비호를 받는 부분만을 제외하고 거의 초토화된 상태였다.

─애송이 주제에 뭘 안다고!

분노를 토해 내는 용언이 태풍처럼 도시를 휩쓸었다. 그러나 렉시온에게는 전혀 피해를 입히지 못했다.

"노망 난 영감탱이보다야 낫겠지. 지금 그 꼴이 뭐냐?"

한순간 렉시온의 신형이 사라졌다가, 니케포르의 코앞에 나타났다.

"추한 짐승이나 다를 게 없잖나!"

몸을 빙글 돌린 렉시온이 언월도를 깊이 꽂아 넣었다.

콰드드드득!

렉시온의 일격이 니케포르의 목을 관통했다. 니케포르는 쩍 벌어진 입 사이로 한 움큼의 피가 왈칵 토해 냈다. 하늘에서는 구멍이라도 난 것처럼 폭우가 쏟아졌다.

목을 꿰뚫린 니케포르는 더 이상 아무런 소리도 내지 못하고 그저 발버둥 칠뿐이었다.

이제는 정말 끝낼 시간이었다.

언월도를 다시 마력으로 휩어 버린 렉시온이 커다랗게 포효했다.

캬오오오오오!

등에서 날개가 뻗어 나오고, 인간처럼 위장했던 겉모습이 일그러지며 이마에 뿔이 솟아올랐다.

날카로운 이빨 사이에 검은 브레스가 맺히기 시작했다.

* * *

한순간 세계가 멈춘 것 같았다. 차마 뭐라 표현할 수 없는 괴성이 하늘을 찢었고, 전투에 다시 집중하던 이들이 휘청거릴 정도로 강한 지진이 지면을 휩쓸었다.

그리고 잠시 후, 방어막 외벽에서 거대한 폭풍이 몰아치더니.

콰아아아아아앙!

어마어마한 벼락이 정통으로 내리꽂혔다.

"……."

"……."

그리고 방금 전까지의 소란이 마치 거짓말이었다는 듯 금세 잠잠해졌다. 사람들이 얼떨떨해하던 그때.

머리 위로 거대한 그림자가 졌다. 무심코 하늘을 올려다본 이들이 입을 쩍 벌렸다.

"어, 어어?"

"어어어어어?"

광장 전체를 뒤덮을 것처럼 거대한 드래곤이, 서서히 지상으로 추락하고 있었다.

"피해! 피해라!"

"당황하지 마라! 아직 방어막이 해제되지 않았다!"

소란에 빠진 이들을 향해 리히트가 다급하게 외쳤다. 그 순간.

콰아아아앙!

거대한 몸체가 방어막에 부딪히더니, 그대로 아래로 미끄러져 떨어졌다.

쿠우우웅.

금빛 드래곤은 축 늘어진 채 미동조차도 없었다. 드래곤의 심장에 뚫린 구멍에서 붉은 피가 마치 호수를 이룰 것처럼 콸콸 쏟아지고 있었다.

그리고 홀로 남은 청년 모습의 드래곤은, 거대한 날개를 펄럭이며 창공에서 숙적의 시신을 내려다보고 있었다.

"이제 그만 쉬어라."

얼굴에 튄 피를 닦으며, 렉시온이 짧게 툭 내뱉었다.

하지만 그 역시 힘이 다한 것은 마찬가지였다. 울컥 입에서 튀어나온 피가 앞섶을 적셨다.

"젠장……."

눈앞이 자꾸만 흐려졌다. 렉시온은 가볍게 손을 휘젓는 것으로 방어막을 회수했다. 그러고는 가까스로 정신을 유지하며 지상에 착지했다.

방어막이 거둬진 지상에도 폭우가 쏟아지기 시작했다.

"이봐, 영웅."

렉시온은 막 호문쿨루스 한 체를 처리하고 숨을 몰아쉬는 라이오스에게 다가갔다.

"렉시온 님."

초췌한 모습의 라이오스가 그를 돌아보았다. 그와 시선을 맞춘 렉시온이 다시 입을 열었다.

"니케포르는 죽었, 쿨럭, 콜록. 죽었다. 시신은 알아서 처리해."

하지만 자꾸만 속에서 올라오는 핏덩어리가 그의 말을 방해했다. 지면에 피를 한 움큼 뱉어 버린 렉시온이 말했다.

"황궁에서 기다리지."

"……수고하셨습니다."

라이오스가 고개를 살짝 숙이자마자, 렉시온이 그 자리에서 모습을 감췄다.

텔레포트를 시전한 거였다.

"드디어……."

라이더가 입술을 달싹였다.

니케포르가 죽었다.

그럴 때가 아니라는 걸 알면서도, 거대한 드래곤의 시신에서 눈을 뗄 수가 없었다.

"리히트."

그때, 라이오스가 리히트를 불렀다. 갑작스런 호명에 리히트가 그를 돌아보았다.

"예, 단장님."

"잔당은 알아서 처리할 수 있겠지."

호문쿨루스도 이제 한 체만 남은 상황이었다. 그가 무슨 말을 하려는지 알아차린 리히트가 얼굴을 굳혔다.

"물론입니다."

"난 아렌트를 따라간다."

익히 예상했던 말이 돌아왔다. 라이오스의 시선은 아까부터 대신전을 향해 꽂혀 있었다.

"남은 호문쿨루스를 처리하고, 잔당을 정리하도록."

"명 따르겠습니다."

막 라이오스가 비를 뚫고 대신전을 향해 한 걸음을 떼

려던 그때.

화르르륵!

갑자기 대신전 안쪽에서 거대한 화염이 치솟았다.

* * *

도대체 얼마나 많은 적을 베어 냈는지, 이제는 기억도 나지 않았다.

아서를 두고 온 뒤로도 아렌트는 끊임없이 밀려드는 신관들을 베고 또 베었다. 어느 순간부터는 주변이 화염에 휩싸이기 시작했지만, 아렌트는 결코 걸음을 멈추지 않았다.

그는 자신이 넝마 비슷한 모습이 되었다는 것도 미처 자각하지 못했다.

"성녀님께는 못 보낸, 커헉!"

그저 기계적으로 적을 베어 내며 한 걸음, 한 걸음 나아갈 뿐이었다.

"헉, 허억……."

멍한 귓가에 들리는 거라곤 자신의 거친 숨소리뿐이었다. 목구멍을 타고 끊임없이 피가 울컥울컥 솟았다.

지금 당장이라도 쓰러져 죽을 것 같았다.

하지만 그럴 수 없었다.

벌컥.

피투성이가 된 손이 노크도 없이 대신관의 집무실 문을 열었다. 하지만 그를 맞이한 것은 루미엘이 아닌 성녀 이리스였다.

"쿨럭, 쿨럭. ……뭐야. 너였냐."

아렌트가 기침을 토해 내며 무심하게 내뱉었다. 이리스는 전혀 놀란 티를 내지 않았다.

"오늘도 피 냄새가 심하군요, 아렌트 경."

마치 안부 인사를 묻듯, 이리스가 가볍게 말했다. 앞을 지키던 신관들이 모두 죽었다는 것은, 아렌트가 쳐들어오기 전 이미 눈치챈 사실이었다.

안으로 성큼 들어가려던 아렌트는 한순간 균형을 잃어버리고 휘청였다.

문간을 가까스로 붙잡은 그가 억지로 몸을 다시 일으켜 세웠다.

"대신관님은."

"미안하지만 알려 줄 생각 없답니다."

이리스가 조곤조곤 대답했다.

"직접 찾아보시지요. 아직은 살아 계시니."

"너……."

아렌트가 비틀대며 방 안으로 들어왔다.

화염이 일렁이는 지면에 새하얀 서리가 앉았다.

"도망칠 생각 따위도 없는 듯하군."

한 걸음마다 떨어진 피가 저마다 엉겨 붙으며, 붉은 살

얼음을 만들어 냈다.

"그나마 불행 중 다행이라고 할 수 있겠네요. 제 앞에 나타난 것이 빈사 상태의 아렌트 경뿐이라는 게."

이리스가 다소 엉뚱한 대답을 내어 주었다.

"그렇게 생각하면 우리도 완전히 실패한 것은 아닐진데……."

그녀의 음성에는 가벼운 한탄이 섞여 있었다.

"나의 판단 실수였을까요, 아니면 필연적인 운명이었을까요."

신관들은 대부분 죽었다.

남은 이들도 곧 불에 타 죽을 것이다. 대피 명령을 내리지 않았으니, 그들은 불타는 대신전과 함께 명을 다하겠지.

구울들을 만들어 내던 모체의 숨이 끊어진 것도 알 수 있었다.

"아니면 체르니온 님을 모시기에는, 저는 아직도 너무나도 미약한 존재인 것일까요."

더 이상 싸울 수 없다.

패배했다.

실패의 고배는 이번에도 이리스의 몫이었다.

"영웅도, 드래곤도 다다르지 못한 이 자리에, 그대만이 홀로 서 있으니……."

이리스의 은빛 투명한 시선이 아렌트에게 맞닿았다. 눈

으로 볼 수는 없었지만, 충분히 알 수 있었다.

"결국 저는 당신에게 패배한 것이 되겠네요."

이미 그는 한계에 달해 있었다. 언제나 총명하던 눈동자는 과다 출혈 때문에 흐려졌고, 검에 기대지 않으면 제대로 몸을 가누지도 못할 지경이었다.

"실수든, 미약하든, 콜록. 아무 상관 없어……."

아렌트에게서 금방이라도 끊어질 것 같은 목소리가 흘러나왔다.

"영웅 이야기에서, 악당이 패배해 물러나는 건……. 당연한 이야기니까."

비틀대는 꼴이 금방이라도 쓰러질 것 같았다. 하지만 그는 고집스럽게 시선을 들어 이리스를 보았다.

"결국, 이 무대에서 당신 위치는 그것밖에, 쿨럭, 안 됐다는 거지."

기침을 한 번 뱉을 때마다 사방으로 피가 튀었다.

"영웅을 돋보이게 하는 소품, 악당, 그저 배제되어 없어질 존재."

아렌트가 분노를 담아 짓씹듯 내뱉었다.

"내 무대에서, 당신이 설 자리는 없어. 여긴 내 무대……. 내 세상이라고. 그쪽 신한테도 분명히 말했거든."

피로 얼룩진 입가에 비릿한 미소가 담겼다. 이리스는 웃음기를 지운 얼굴로 그를 가만히 마주 보았다.

"여전히, 이렇게 된 상황에도……."

우지끈.

불에 탄 기둥이 무너지는 소리가 들려왔다. 창문 밖으로 맹렬한 화염이 치솟았다. 아마 얼마 지나지 않아 이 방 역시 불길에 삼켜질 터였다.

"당신은 참 오만하군요."

"그게 내 역할이니까."

아렌트가 무표정하게 대답했다. 그러자 이리스가 피식 웃음을 터뜨렸다.

"아렌트 경. 저는 그대를 저주합니다."

이리스가 아렌트를 똑바로 노려보았다. 바깥에서 휘몰아치는 불꽃의 빛이 그녀의 아름다운 낯 위에서 기괴하게 일렁였다.

"언젠가 다시 마주할 날이 있다면, 우선 그대부터 찾아 복수하겠습니다. 반드시요."

이리스의 손끝에서 검은 신성력이 피어나더니 순식간에 단검의 형태로 변했다.

아렌트가 미처 어떻게 반응할 틈도 주지 않았다. 이리스는 한 치의 망설임도 없이, 그것을 자신의 목에 찔러 넣었다.

* * *

"허억······. 헉······."

숨을 몰아쉬며, 아렌트는 숨이 끊어진 이리스를 멍하니 바라보았다. 지금 보고 있는 게 환각인지, 아니면 현실인지조차도 구분이 가지 않았다.

허망한 기분에 사로잡힌 아렌트는 한참 동안이나 못 박힌 듯이 제자리에 서 있기만 했다.

시야가 흔들렸다.

이리스의 목에서 흘러나온 피가 발치까지 축축이 적시기 시작했다. 그제야 아렌트는 그제야 정신을 차릴 수 있었다.

'……끝났다.'

아니.

'놓쳤다.'

속에서부터 분노가 끓어올랐다. 검을 쥔 손이 바들바들 떨리기 시작했다.

뒤이어 지독한 모멸감과 패배감까지 몰려들었다.

"이런, 씨……."

아렌트는 양손으로 있는 힘껏 검을 그러쥐었다. 그러고는 충동에 휩싸여 검을 높게 쳐들었다.

콰드드득!

사정없이 내리쳐진 검날이 숨이 끊어진 이리스의 목 바로 옆에 처박혔다.

"헉, 허억, 허억……."

아렌트는 한참 동안 깊이 박힌 검을 꽉 잡은 채 이리스를 내려다보았다.

마치 잠든 것처럼 평화로운 모습이었다. 목에 남은 찔린 상처만 아니었더라면 편히 휴식을 취하고 있다고 느껴질 정도였다.

이 빌어 처먹을 전쟁 때문에 고통받은 사람과, 죽어 간 숱한 목숨들 따위는 전혀 안중에도 없다는 듯이.

"……."

오갈 데 없는 분노가 치밀었다.

이리스에게는 죽음조차 도피처일 뿐이었다. 언젠가는 다시 이 땅에 돌아와서, 체르니온의 재림을 꿈꾸겠지.

검을 쥔 손에 핏대가 섰다. 이대로 그녀를 갈기갈기 찢어 버리고 싶은 충동이 그를 휘감았다.

하지만 그건 의미 없는 짓이었다.

게다가…….

그의 싸움은 아직 끝난 게 아니었다.

'대신관님.'

아렌트는 비틀대며 몸을 똑바로 일으켜 세웠다. 쑤욱 검이 뽑혀 나왔다.

자꾸만 흐려지는 의식 속, 딱 한 가지 목적만이 머릿속에 자리 잡았다.

지금도 대신전은 끊임없이 불타오르고 있었다.

루미엘이 잘못되기 전에 그녀를 찾아 밖으로 나가야 했다.

아렌트는 절뚝이며 걸음을 뗐다. 방을 나서기 전, 마지막으로 이리스의 시신을 한 번 돌아보았다.

이 나라를 지옥으로 몰아넣은 원흉은 그저 편안히 잠들어 있을 뿐이었다.

눈을 한 번 질끈 감은 아렌트는 그대로 등을 돌려 화염 속으로 뛰어들었다.

"콜록, 대신관님! 대신관님!"

아렌트는 미친 사람처럼 대신전 내부를 헤집고 다녔다. 새빨간 화염이 그를 집어삼키려 사방에서 솟구쳐 올랐지만, 아렌트는 전혀 신경 쓰지 않았다.

아티팩트, 서리 어린 손길의 한기는 언제나 아렌트를 화상에서 지켜주었다. 그러나 아렌트의 마력이 완전히 바닥나며 그 효력도 떨어지기 시작했다.

결국 마구잡이로 문을 열던 손아귀, 얼굴 곳곳에 화상 자국이 남기 시작했다.

하지만 아렌트는 그조차도 눈치채지 못한 것 같았다.

"대신관님!"

벌컥!

잠겨 있던 서고의 문을 열자, 숨이 끊어진 신관들의 모습이 눈에 들어왔다.

이리스의 죽음을 알아차린 그들이, 대신전을 불태우라는 마지막 명령을 수행한 뒤 스스로 목숨을 끊은 거였다.

아렌트는 지체하지 않고 몸을 돌렸다.

기도실, 문헌 보관소, 신관들의 숙소까지 모두 뒤졌지만 루미엘은 찾을 수 없었다.
 그리고 마침내.
 아렌트는 비교적 불길이 덜 번진 복도에 다다랐다.
 평소에는 거의 쓰지 않는 공간으로, 귀빈이 찾아왔을 때 개방하는 객실이었다.

* * *

 다급하게 달려가던 라이오스는 위태롭게 검에 의지해 서 있는 아서를 발견했다.
 "아서!"
 사체들이 주변을 메운 꼴이, 누가 봐도 거친 싸움을 끝낸 모습이었다. 헤어지기 전에도 꽤 큰 부상을 달고 있었던 아서였지만, 그래도 움직이는 데에 큰 지장은 없는 듯했었다.
 하지만 지금, 그는 서 있는 게 고작인 듯했다.
 "단장······. 님."
 휘청이며 고개를 돌린 아서가 씨익 웃었다. 하지만 그것도 잠시, 아서는 순간 다리에 힘이 풀려 그 자리에 주저앉고 말았다.
 아서가 지면에 쓰러지기 전, 가까스로 달려간 라이오스가 그를 붙잡아 주었다.

"아서, 괜찮나?"

"괜찮, 괜찮습니다."

아서는 라이오스의 손길을 밀어내려 했다. 하지만 지금 그의 상태로는 라이오스의 힘을 이겨 낼 수 없었다. 라이오스는 그를 부축해 깨끗한 바닥에 앉혀주었다.

나무에 간신히 기대앉은 아서가 횡설수설했다.

"안에서, 갑자기 화재가……. 아렌트가 안에 있습니다. 그 녀석……. 그 녀석을 구하러 가야……."

"알았으니 진정해라."

콰르르릉!

불에 탄 대들보가 무너져 내리며 불똥이 사방으로 튀었다. 루체 신전이 자랑하던 아름다운 신상들은 모두 불길에 휩싸인 채였다.

라이오스는 아서를 최대한 안전한 곳까지 옮겨 주었다.

"여기서 기다려라. 아렌트와 대신관님을 데리고 나올 테니까."

"단장님, 위험합니다! 저도 같이……!"

아서가 억지로 몸을 일으키려 했다. 하지만 라이오스가 그의 어깨를 꽉 잡아 눌러 다시 앉혀 버렸다.

"나를 믿어라. 반드시 함께 돌아올 테니까."

"……."

그제야 아서가 몸에서 힘을 뺐다. 라이오스는 아서의

어깨를 두어 번 두드려 주고는 불타는 대신전 안으로 뛰어들었다.

아렌트는 루미엘을 찾으려 할 테니, 분명 그녀의 집무실로 먼저 갔을 터였다.

라이오스는 불길을 헤치며 곧장 루미엘의 집무실로 뛰어들었다.

"아렌트! 대신관……!"

문을 벌컥 열어젖히며 소리를 지르려던 그는, 이내 훅 끼쳐 오는 열기에 뒤로 주춤 물러서야만 했다.

가까스로 눈을 뜬 라이오스는 불타는 집무실 가운데에 쓰러진 시신 한 구를 발견했다.

반쯤 불탄 시신은 키가 매우 큰 여성의 것으로 보였다.

"이건, 설마……."

화염에 휩싸여 제대로 알아볼 수는 없었지만, 라이오스는 그녀가 성녀임을 직감적으로 알아차렸다.

그렇다면 얼마 전까지 이곳에 아렌트가 있었을 게 분명했다.

라이오스는 급히 흔적을 찾기 시작했다. 그리고 얼마 지나지 않아, 그는 바닥에 남은 핏자국을 발견했다.

핏자국은 시신의 앞에서 멈췄다가 이내 다시 문밖으로 향하고 있었다.

라이오스는 성녀의 시신 따위에는 더 미련을 두지 않고, 곧장 몸을 돌려 혈흔을 따라가기 시작했다.

"아렌트! 들리면 대답해라!"

* * *

쿵. 쿵.
 루미엘은 밖에서 들려온 투박한 소리에 고개를 들었다. 처음에는 화재 때문에 천장이 무너지는 소리라고 생각했다. 하지만 그게 아니라는 것은 얼마 지나지 알 수 있었다.
 쾅!
 한결 거칠어진 소리와 함께 굳게 잠긴 문고리가 흔들리기 시작한 거였다.
 "……설마."
 결박당한 루미엘이 입술을 달싹였다.
 쾅, 쾅! 쾅!
 소리는 점점 더 신경질적으로 변했다. 그리고 얼마 지나지 않아.
 우지끈!
 문이 완전히 박살 나며 맥없이 열어젖혀졌다. 루미엘이 차마 눈으로 상대를 확인하기도 전, 지독한 피비린내가 훅 끼쳐 왔다.
 "하아……."
 익숙하디익숙한 청년의 한숨 소리 역시 함께였다.

"드디어 찾았다."

상처투성이가 된 몸으로 문간에 기댄 청년이 짧게 내뱉었다.

"대신관님."

루미엘은 얼어붙은 채 아무런 대답도 하지 못했다. 그를 차마 어떤 얼굴로 마주해야 할지 알 수 없던 탓이었다.

"아렌트 경······."

"한참, 찾았잖아요······."

아렌트는 절뚝이며 천천히 루미엘을 향해 다가오기 시작했다. 황금색 동공이 초점을 잃고 흔들리고 있었다.

한 걸음.

또 한 걸음.

아렌트는 루미엘을 향해 천천히 다가갔다. 하지만 얼마 가지 못해 그는 더 걷지 못하고 그대로 쓰러지고 말았다.

털썩.

"아렌트 경!"

루미엘이 비명처럼 외쳤다. 그를 향해 급히 다가가려 했지만, 몸이 결박당해 있는 탓에 꼼짝도 할 수 없었다.

"아렌트 경, 정신 차리세요! 아렌트 경!"

억눌러 두었던 눈물이 다시금 터져 나왔다.

"눈 뜨세요! 여기에서 이러고 있으면 안 된단 말입니다! 도망치세요, 제발!"

겉으로 보이는 상처 하나하나가 모두 끔찍했다. 저런 몸으로 어떻게 화염을 뚫고 온 건지 감도 잡히지 않을 지경이었다.

"아렌트 경!"

"……대신관님."

쓰러진 그에게서 위태로운 목소리가 들려왔다. 가까스로 고개를 든 아렌트가 반쯤 기다시피 그녀에게 다시 다가오기 시작했다.

"저랑, 산책 가셔야죠, 대신관님."

반쯤 의식이 없는 듯, 아렌트가 웅얼대며 말했다. 루미엘은 아연실색하고 말았다.

"아렌트 경……."

"날씨 좋은 날에……. 산책 가고 싶으시다면서요."

기어이 루미엘의 앞까지 기어 온 아렌트는 검을 꺼내 그녀의 결박을 풀어주었다.

서걱.

하지만 그게 끝이었다. 마지막 힘을 다한 듯, 아렌트는 그대로 루미엘의 품에 쓰러져 버렸다.

"아렌트 경!"

루미엘이 다급하게 그를 끌어안았다.

피와 상처로 얼룩진 얼굴에 뜨거운 눈물방울이 뚝, 뚝 떨어졌다. 그러자 감겼던 눈꺼풀이 파르르 떨리며 열렸다.

"……대신관님."

울렁이는 시야에 노인의 일그러진 얼굴이 가득 들어왔다. 아렌트는 괜찮다 대답하려 했다. 충분히 같이 빠져나갈 수 있으며, 부상은 별거 아니라고.

"얼마나……."

하지만 그녀의 입에서 다음으로 흘러나온 말에.

"얼마나 외로웠습니까……."

아렌트는 멈칫하고 말았다. 루미엘의 주름진 손이 아렌트를 애달프게 쓰다듬었다. 뚝뚝 떨어진 눈물이 아렌트의 뺨을 타고 흘러내렸다.

"……혼자서 얼마나 외로웠나요. 연고도 없는 이곳에서, 혼자서……."

흐느끼는 대신관은 그 사실이 못내 괴로운 듯했다.

"루체 님께 모든 걸 다 빼앗기지 않았습니까, 당신은……. 살던 곳도, 지난 인생도."

"……."

멍하니 눈만 깜빡이던 아렌트는 곧 전후 사정을 대충 이해할 수 있었다.

이리스가, 루미엘에게 자신이 이방인이라는 사실을 털어놓은 거였다.

"루체 님을 가장 가까이에서 모신 제가 분명히 원망스러웠겠죠. 그런데 왜 나를 구하겠다고……."

주름진 눈가에서 뜨거운 눈물이 쉴새 없이 흘러내렸다.

"왜 이러시는 겁니까? 도대체 왜?"

다소 거친 손이 청년의 뺨을 하염없이 쓸어내렸다.

아렌트는 상처투성이 입술을 몇 차례 달싹였다.

머리가 멍했고, 한편으로는 뭔가 개운하기도 했다.

외로웠던가? 처음에는 그랬던 것 같기도 했다. 하지만……

"괜찮아요."

아렌트는 손을 뻗어서 루미엘을 마주 끌어안았다. 그 작은 움직임에 루미엘이 눈을 크게 떴다.

자신의 품에 파묻힌 어린 청년이, 더듬더듬 말하고 있었다.

"저는, 분명 괜찮았어요."

금방이라도 끊어질 것 같은 음성이 이어졌다.

"별로 안 외로웠어요……. 진짜로."

루미엘의 얼굴이 더욱 일그러졌다. 아렌트가 지금 이 순간에도 자신을 위로하려 하고 있다는 사실을 깨달은 탓이었다.

아렌트는 루미엘의 품에서 온기를 느끼며, 마지막으로 마력을 발동했다.

두 사람을 중심으로 새하얀 서리꽃이 피어나기 시작했다.

놀란 루미엘이 아렌트를 더욱 강하게 끌어안았다.

"아렌트 경! 안 돼요, 이제 그만해요!"

하지만 아렌트는 희게 웃을 뿐, 아티팩트를 멈추지 않았다.

새하얀 서리는 루미엘에겐 약간의 해도 입히지 않은 채, 조용히 은빛 손길을 뻗어나갔다.

그리고 잠시 후.

"아렌트! 대신관님!"

두 사람을 찾아 방에 뛰어든 라이오스는, 제 눈앞에 펼쳐진 설원에 그대로 굳어 버리고 말았다.

"……."

불타는 지옥 속에서 마치 서리의 축복이 내리기라도 한 것 같은 광경이었다. 소리 없이 내려앉은 서리는 거센 불길로부터 루미엘을 온전히 지켜 냈다.

그리고 루미엘은 아렌트를 놓칠까 봐 두렵기라도 한 듯, 있는 힘껏 그를 껴안고 있었다.

대신관의 어깨가 잘게 떨렸다. 하염없이 떨어진 눈물이 견습 기사의 상처투성이 얼굴을 적셨다.

* * *

치열했던 전쟁은 다소 허무하게 종지부를 찍었다.

미쳐 날뛰던 구울들이 한순간에 움직임을 멈추고, 어째서인지 신관들 역시 어느 순간 갑자기 저항하길 포기하고 자결하기 시작한 것이다.

덕분에 그들에 맞서 항쟁하던 병력들은 당황할 수밖에 없었다.

"이게 도대체 무슨……."

라이더가 검을 늘어뜨린 채 황당하게 중얼거렸다. 맹렬하게 화살을 쏘던 르웰린도, 사람들을 엄호하느라 정신없던 세일럼도 눈을 휘둥그레 뜨고 그 광경을 바라볼 수밖에 없었다.

지금까지의 경험상, 신관들이 일제히 전투를 포기했다는 건 한 가지 사실을 의미했다.

적들의 지휘관, 즉 성녀가 행동 불능 상태에 빠졌다는 거였다.

그들의 의문은 라이오스가 아렌트를 안고 루미엘, 아서와 함께 돌아오고 난 뒤에야 풀렸다.

"성녀는 죽었다."

"……."

연합군은 차마 아무런 말도 할 수 없었다.

승리를 전하는 라이오스의 어조가 지나치게 차분한 탓도 있었지만, 단장과 함께 복귀한 아렌트에게서 어떠한 움직임도 느껴지지 않았기에 더욱 그랬다.

글렌이 그에게 한 걸음 다가서며 더듬더듬 물었다.

"단, 단장님. 설마 그 녀석……."

"괜찮다."

라이오스가 힘주어 대답했다.

"기절했을 뿐이다. 급한 상처는 일단 지혈해 뒀으니, 최대한 빨리 치료하면 생명에 지장은 없을 거야."

"하……."

그제야 이곳저곳에서 안도의 탄식이 터져 나왔다. 라이오스와 아렌트, 그리고 루미엘 대신관을 번갈아 바라보던 르웰린이 휘청이며 그 자리에 주저앉았다.

놀란 세일럼이 그를 붙잡았다.

"왕자님!"

"사람 놀라게 해, 진짜……."

하지만 르웰린은 차마 세일럼의 손을 거절할 생각도 하지 못하고 멍청하게 중얼거릴 뿐이었다.

다른 이들 역시 마찬가지인 심정이었다. 한순간 처참한 꼴의 놈을 보자마자 머리가 새하얘졌던 그들이었다.

라이오스가 그렇게 확언해 주자마자, 그제야 아렌트가 아주 얕게나마 고른 숨을 내쉬고 있다는 게 눈에 들어왔다.

기사단장이 담담하게, 하지만 많은 감정을 억누른 듯한 무표정으로 명령했다.

"치료가 우선이다. 당장 자리를 마련해. 치료사와 마법사를 수배해 와라."

"예!"

기사들이 다시 분주하게 움직이기 시작했다. 그 모든 순간, 루미엘은 축 늘어진 아렌트의 손을 간절히 붙잡고 있기만 했다.

 꾹 감은 두 눈에서 쉴 새 없이 굵은 눈물방울이 뚝뚝 떨어졌다. 아서는 그 모습을 심란하게 바라보며, 조심스러운 손길로 루미엘의 어깨를 쓸어내려 주었다.

* * *

 전쟁이 할퀴고 간 자리는 참혹하기 그지없었다. 찬란하던 황성은 렉시온과 니케포르의 전투로 폐허가 되었고, 루체 신의 위엄을 자랑하던 대신전은 잿더미가 되어 버렸다. 제대로 된 복구 없이 비워졌던 황궁 역시 엉망이 된 건 마찬가지였다.

 숱한 전사자와 부상자, 실종자가 발생했다. 길거리에는 방치된 시신들이 썩는 냄새가 가득했다.

 그럼에도 승전했다는 사실은 변치 않았다.

 200년 전 대전쟁에서 끊어 내지 못한 악연의 고리를 완전히 정리하고, 오랫동안 전 세계를 두려움에 떨게 했던 체르니온 교단이 완전히 뿌리 뽑혀진 거였다.

 그 사실은 사람들에게 새로이 살아갈 희망을 주었다.

 그렇게 더디고 더딘 복구 작업이 시작되었다.

 황태자는 전투가 끝났다는 보고를 듣자마자 황궁으로 돌아왔다.

 성녀가 죽은 지 며칠 뒤의 일이었다.

아직 제대로 복구되지 않아 엉망인 황궁이 그를 반겼지만, 칸타레스는 전혀 신경 쓰지 않았다.

"조금 더 정리된 뒤에 돌아오셨어도 괜찮으셨을 텐데 말입니다."

"그럴 수야 있나. 너희들한테 전부 다 맡겨 놓을 수도 없는 노릇이고."

라이오스의 말에 칸타레스가 고개를 내저었다.

"그러는 라이오스 단장도 부상이 이만저만이 아닌데. 쉬어야 하는 것 아닌가?"

"그럴 수는 없습니다. 해야 할 일이 많으니까요."

"하여튼, 고집은."

칸타레스는 그를 괜히 한 번 흘겨보는 시늉을 했다. 직접 보지는 못했지만, 이번 싸움이 성검의 영웅에게도 얼마나 버거웠던지, 절절히 체감할 수 있었다.

누구보다도 빠른 회복력을 자랑하는 그였지만, 마법의 힘을 빌리고도 아직 완치하지 못한 깊은 상처가 남아 있었다.

단정히 차려입은 제복의 옷깃과 소매 아래로 언뜻 보이는 붕대들이 그 증거였다.

"무리하지 말고 얼른 들어가서 쉬도록."

"염려 감사합니다."

딱딱하게 대답한 라이오스가 다음 보고를 이어 갔다.

"잔당 소탕도 순조롭게 이뤄지고 있습니다. 잔당이라

고 하더라도 스스로 체르니온 교단을 자처하는 일반인 무리라……. 항복한다면 즉결 처분 대신 생포하라 명령했습니다."

"잘했군. 신관들은?"

"대신전 앞에서 전투가 벌어지는 동안, 루카인 왕국과 에버란 왕국, 네펠레 왕국이 담당하던 구역들에도 큰 전투가 있었습니다."

라이오스는 가지고 온 보고서를 칸타레스에게 넘겨주며 말을 이었다.

"그쪽 역시 상황은 마찬가지였습니다. 워렌과 스텔이 구울의 모체를 파괴한 직후 구울들이 즉시 전력을 상실했습니다. 그리고 대신전이 함락되기 직전, 갑자기 체르니온 교단 소속 신관들이 자결하기 시작했다고 합니다."

"성녀의 죽음 때문이었겠군."

팔락.

칸타레스가 넘겨받은 보고서를 한 장 넘겼다.

"성녀는. 아렌트가 처치한 건가?"

"……지금 단계에서는 알 수 없지만, 추측으로는 성녀 역시 자결한 것이 아닐까 합니다."

시선을 아래로 내리깐 라이오스가 말했다.

"시신이 불에 탄 나머지, 수습할 수 있었던 건 유해뿐이었습니다만. 지금으로선 성녀 역시 전투 상황을 비관해 자결한 것이 아닌가 합니다."

"그랬지. 아렌트는 성녀를 생포해야 한다고 주장했으니까."

칸타레스가 개운치 않은 얼굴로 대답했다.

"죽음을 뛰어넘어 삶을 거듭하는 존재라고 했던가. 아렌트가 염려한 것도 바로 그 점이었고. 언젠가는 이 땅에 돌아와 다시 기회를 노리려 할 테니."

"성녀의 정확한 사인은 아렌트가 깨어나야 알 수 있을 것 같습니다. 루미엘 대신관님께서도 아무것도 모른다고 하시니까요."

"그러고 보니……."

문득 생각난 듯, 칸타레스가 화제를 돌렸다.

"생포당했던 신관들은. 신성력에 문제가 생겼다고 들었는데, 상태가 좀 어떻지?"

"변함없습니다."

기이하게도, 그 현장에서 전투에 참여했던 이들을 상대로는 더 이상 루체의 신성력이 통하지 않았다. 심지어는 그곳에서 전투를 지켜보던 대신전 소속의 신관들마저도 신성력을 잃어버리는 사태마저 벌어졌다.

몸에 이식당한 구울은 슈타들러 백작 덕분에 무사히 적출할 수 있었지만, 한평생 신성력과 함께했던 신관들에게는 재앙과도 같은 일이었다.

칸타레스가 살짝 미간을 찌푸렸다.

"그렇군. 원인은……."

"아렌트에게 신성력이 듣지 않게 된 것과 비슷한 이치가 아닐까 합니다."

신성력은 신관들의 신앙에 감동한 루체가 내려 주는 것이라고들 한다. 좀 더 정확히 말하자면, 순수한 신앙을 매개로 얻을 수 있는 힘과도 같았다.

그러나 본의 아니게 전장의 한가운데에서 전투를 지켜보게 되며, 마음속 깊은 곳에 심경의 변화가 생긴 거였다.

"신관님들께서는 까닭을 모르겠다 말씀하시고 계십니다만."

"현실을 마주하고 싶지 않은 거겠지. 그 마음도 충분히 이해해. 너희들 탓을 하지 않는 것만으로도 그분들에겐 최선일 거야."

칸타레스가 언짢게 말했다.

"하지만 너무 오래 가지는 않았으면 좋겠군."

현실을 회피하는 데에는 한계가 있었다. 그러니 아무리 잔인하더라도 언젠가는 마주하고, 그에 따른 해결책을 찾아야만 했다.

"대신관님은 어떠시지?"

"대신관님은 문제없으십니다. 그래서 황궁 내의 부상자들의 치료를 전담해 주고 계십니다만, 문제는……."

"신성력이 통하는 인원이 거의 없다고?"

"그렇습니다."

라이오스 고개를 끄덕였다.

처음에는 아렌트뿐이었다. 그다음에는 3기사단, 그리고 또 2기사단의 몇몇 인원……. 그리고 엘프들까지.

결과적으로는 외부에서 복귀한 1기사단 이외에는 모두 신성력을 받아들이지 못하게 되었다.

루체 신이 정의라는 명제를 마음속 깊은 곳에서부터 부정하게 된 까닭이었다.

"그래서 시종들과 일반인들을 상대로 치료 활동을 펼치고 계십니다. 그 외의 시간은 대부분 아렌트 곁에 머무시더군요."

얕은 숨이 끊어질까 봐 두렵기라도 한 듯, 그녀는 며칠째 병상을 지키며 그를 극진히 간호하고 있었다.

좀 쉬라는 다른 사람들의 만류에도 불구하고, 그녀는 아렌트의 병상 옆에서 잠깐씩 눈을 붙이면서 고집스럽게 자리를 지켰다.

그를 물끄러미 보던 칸타레스가 자꾸만 목에 걸리던 질문을 꺼내놓았다.

"아렌트는 여전히 그대로인가?"

"예. 그렇습니다."

영웅에게서 가라앉은 목소리가 흘러나왔다.

"부상이 심한 중에 연기를 많이 마셔서, 상태가 많이 나쁘다고 합니다. 언제 눈을 뜰 수 있을지는, 치료사도

장담치 못한다더군요."

어쩌면 눈을 뜨지 못할지도 모르고.

하지만 라이오스는 굳이 그런 말을 입 밖으로 꺼내지는 않았다. 칸타레스가 다시 물었다.

"렉시온 님은? 이틀 전에 깨어나셨다고 들었다만."

"그렇잖아도 아렌트의 상태를 봐주셨습니다. 회복할 수 있도록 주기적으로 마법을 걸어 주고 계십니다만……. 함부로 치료하면 후유증이 심하게 남을 수도 있는 상태라."

그렇게 말하는 라이오스의 낯에 짙은 그림자가 드리웠다.

"한동안은 회복세를 지켜봐야 한다고 합니다만. 그 기간을 버텨 내는 것은 아렌트의 몫이겠지요."

그것을 어렵잖게 알아본 칸타레스가 쓰게 웃었다.

"괜찮을 거다. 워낙 독한 녀석이니."

"예. 필시 그럴 것입니다."

라이오스가 힘주어 고개를 끄덕였다.

"전하. 그래서 말씀입니다만, 혹시 부탁 하나를 드려도 괜찮겠습니까?"

"부탁이라고?"

뜬금없는 말에 칸타레스가 눈썹을 휘었다. 부탁이라는 단어는 라이오스가 좀처럼 꺼내지 않는 단어이기도 한 탓이었다.

"전쟁 영웅의 부탁인데, 내가 못 들어줄 것은 없지."
"다소 무례한 말씀을 드리게 될지도 모르겠습니다. 그래도 괜찮으시겠습니까?"

라이오스가 다시 한번 신중하게 물었다. 그러자 칸타레스가 장난스러운 미소를 지어 주었다.

"황제 자리를 내어놓으라는 게 아니면, 얼마든지. 라이오스 단장이 상식 밖의 일을 부탁할 것 같지도 않군."

"감사합니다."

그런 뒤에도 라이오스는 쉽게 운을 떼지 못했다. 그답지 않게 마치 많은 고민에 잠긴 것처럼 보였다. 하지만 칸타레스는 그를 재촉하지 않고 가만히 기다려 주었다.

그리고 한참 뒤, 라이오스가 드디어 입을 열었다.

한 마디, 한 마디씩 신중하게 흘러나오는 말을 경청하던 칸타레스는 이내 눈을 휘둥그레 떴다.

"……진심인가?"

"예. 그렇습니다. 어쩌면 지금 상황에 맞는 말씀은 아닌 듯하기도 합니다만."

라이오스가 진지하게 고개를 끄덕였다. 칸타레스는 어리벙벙한 얼굴로 라이오스를 한참이나 마주 보았다. 그리고 잠시 후.

그가 급히 입을 가렸다.

"풋."

하지만 겉잡을 수 없이 터져 나오는 웃음은 차마 막을

수 없었다.

"큭. 큭큭……. 푸흡……. 아, 미안하군."

칸타레스는 어깨까지 부들부들 떨며 웃음기를 어떻게든 꾹꾹 눌러 담으려 했다. 그러나 기분 좋게 휘어진 눈꼬리까지 원래 자리를 찾을 수 있는 것은 아니었다.

"아, 살다 살다 라이오스 단장의 입에서 그런 말이 나오는 것을 보게 되다니."

황태자가 웃든 말든, 라이오스는 여전히 진지하기만 했다.

"곤란하십니까?"

"아니."

칸타레스가 씨익 미소 지으며 장난스레 말했다.

방금까지 집무실을 가득 채우던 무거운 공기는 온데간데없이 사라져 있었다.

"나로서는 대환영이야."

* * *

칸타레스의 집무실에서 나온 라이오스는 곧바로 아렌트가 있는 곳을 향해 발걸음을 돌렸다.

치료사와 렉시온이 면회를 자제하라며 엄포를 놓았지만, 적어도 하루에 한 번씩 얼굴을 확인하지 않으면 마음이 놓이지 않는 탓이었다.

막 치료실이 있는 복도에 접어든 그때, 라이오스는 뜻밖의 인물과 마주했다.

상대방 역시 그를 알아보고는 눈을 크게 떴다.

"라이오스 단장님."

"……부연합장님 아니십니까."

마찬가지로 아렌트의 상태를 보러 온 아르크스였다.

잠시 굳어 있던 아르크스가 먼저 고개를 숙였다.

"전투, 정말로 고생 많으셨습니다. 단장님. 인사가 늦어서 죄송합니다."

"아닙니다. 부연합장님도 많이 바쁘실 테지요. 안색이 안 좋으십니다."

라이오스가 담담하게 대답했다. 아르크스가 슬쩍 시선을 피하며 머쓱하게 대답했다.

"노이만 상단의 정보상과 연합하여 피해 규모를 추산 중입니다. 오늘은 헨리에게 일을 맡기고 잠깐 아렌트의 상태를 보러 왔습니다. 헨리가 단장님께도 안부를 전해 달라더군요."

"연합장님도 고생이 많으시겠습니다. 저 역시 안부 전달 부탁드립니다."

의례적인 대화가 오갔다. 아르크스는 자신을 응시하는 라이오스의 눈빛에 착잡함이 깃들었다는 사실을 깨달았다. 아마 아렌트 때문일 거라, 아르크스는 대강 짐작해 냈다.

잠시 뜸을 들이던 아르크스가 입을 열었다.

"……만에 하나 말씀드리는 겁니다만, 아렌트가 잘못되더라도 단장님을 원망할 생각은 전혀 없습니다. 결국 모든 것은 아렌트가 선택한 일일 테니까요."

"그리 말씀해 주셔서 감사합니다."

그 말에도 라이오스의 눈에 드리운 그림자는 좀처럼 떠나지 않았다. 덕분에 아르크스는 다음 말을 꺼낼 때까지 잠시 망설일 수밖에 없었다.

"그, 이런 와중에 죄송한 말씀입니다만. 아버지가……. 에크하르트 백작님이 아렌트를 직접 보고 싶어 하시는 듯합니다. 아렌트의 안정에 이롭지 못할 것 같아서, 제가 거절했습니다만."

잠깐 뜸을 들이던 아르크스가 덧붙였다.

"별다른 뜻 없이, 단지 아버지로서 아렌트를 만나고 싶으신 듯합니다. 단장님이 허락하신다면요."

"일단은 저도 거절하겠습니다."

라이오스가 단호하게 대답했다. 그러자 아르크스가 살짝 어깨를 늘어뜨렸다.

"역시 그렇겠지요. 황궁도 혼란스러운 상황이니……. 알겠습니다. 그리 전하겠습니다."

"지금은 아렌트도 휴식이 필요합니다."

잠깐 뜸을 들이던 라이오스가 덧붙였다.

"언젠가 직접 아렌트에게 의사를 물어보시길 권해 드

린다고, 백작님께 전해 주십시오."

"예?"

"단장으로서는 백작님의 방문을 거절합니다. 그러니 아렌트가 눈을 뜬 뒤에, 백작님께서 아렌트에게 직접 의사를 여쭤보시라고 전해 주십시오. 본인이 싫다면 거절하겠고, 혹시라도 만나 뵐 마음이 있다면 응할 테니까요."

라이오스의 말에 아르크스가 넋이 나간 얼굴이 되었다.

"부친께서 아들을 만나고 싶어 하는 것은 당연한 일입니다. 그러나 정신이 없는 틈에 몰래 보고 돌아가시는 건, 제가 허락하지 않겠다는 말씀입니다. 적어도 아렌트에게 직접 의사를 여쭤보시는 성의라도 보였으면 합니다."

"……."

멍한 표정의 아르크스에게 라이오스가 천천히 말을 이어 주었다.

"지금까지 몇 번이나 아렌트에게 구박당하고 내쳐지신 부연합장님처럼요. 그 정도 용기는 내셔야 공평하다고 생각합니다."

"……그렇군요."

한참 동안 침묵하던 아르크스가 천천히 고개를 끄덕였다.

"알겠습니다. 백작님께 그리 전하겠습니다. 말씀 감사합니다, 단장님."

"그럼, 다음에 뵙겠습니다."

라이오스가 먼저 묵례하고 자리를 비웠다. 아르크스는 멀어지는 그의 등 뒤에서 한참 동안 고개를 숙이고 있었다.

아르크스의 기척을 느끼며, 라이오스는 속으로 한숨을 삼킬 수밖에 없었다.

'아렌트가 원한다면……. 이라.'

사실은 자신이 잘난 척 지껄일 말이 아닐지도 몰랐다.

지금부터 자신은, 아렌트의 의사를 모르는 척한 채 모든 일에 임할 생각이었으니까.

라이오스는 잠시 망설이다 아렌트가 잠들어 있는 방의 문을 열었다.

달칵.

문이 열리자마자 파리한 낯의 루미엘이 그를 맞이했다.

"오셨습니까? 방금 부연합장님께서 다녀가셨습니다."

"네. 복도에서 잠시 인사를 나누었습니다."

루미엘에게 인사를 건네는 둥 마는 둥 하며, 라이오스는 눈으로 아렌트의 상태를 먼저 확인했다.

천장을 보고 바르게 눕혀진 그는 여전히 미동조차 없었다. 그에게서 풍기는 진한 약초 향과 피비린내가 라이오스를 다소 언짢게 만들었다.

"그래도 어제보다는 다소 안정되셨습니다. 렉시온 님이 도와주신 덕분이에요."

루미엘이 흐린 미소를 지으며 말했다. 아렌트를 바라보는 그녀의 눈은 마치 자신의 손자를 보는 듯 애틋함을 담고 있었다.

잠시 침묵하던 라이오스가 루미엘에게 물었다.

"잠깐 동석해도 괜찮으시겠습니까?"

"물론입니다."

루미엘이 고개를 끄덕이자, 라이오스는 근처에 있던 의자를 가지고 와 침대 옆에 놓고 걸터앉았다.

잠깐 침묵이 흘렀다.

입을 먼저 연 쪽은 루미엘이었다.

"아서 경과 리히트 경도 오전에 다녀가셨습니다만……. 라이오스 단장님께서도 저를 나무라러 오셨습니까?"

"예?"

"저는 큰 죄를 지을 뻔했습니다."

루미엘이 아렌트를 물끄러미 바라보며 말을 이었다.

"당연히 아렌트 경이 절 구하려 움직일 거라 예상했어야 하는데……. 판단력이 흐려진 나머지, 잘못된 선택을 내렸습니다."

후회하지 않는다며 성녀에게 호언장담했다. 하지만 지금, 루미엘은 그때 자신의 선택을 후회할 수밖에 없었다.

"아서 경께서 그리 말씀하시더군요. 만일 대신전에 들어온 아렌트 경께서 제 시신을 발견했다면, 아렌트 경은 남은 평생 동안 스스로를 저주했을 게 틀림없다고."

"……."

"옳으신 말씀입니다. 그 사실을 잘 알고 있으면서도 저는 그런 짓을 하고 말았으니……."

루미엘이 손을 뻗어 아렌트의 머리칼을 조심스럽게 쓸어 넘겨 주었다.

"몇 번을 후회해도 결과는 달라지지 않지요. 함부로 도망치려 한 죗값을 지금 치르는 기분입니다."

"괜찮을 겁니다. 지금도 많이 안정되었다고 하니까요."

라이오스가 담담하게 말했다. 한동안 방 안에 침묵이 더 흘렀다. 아렌트가 색색 다소 힘겹게 몰아쉬는 숨소리만이 들리길 얼마간.

라이오스가 다시 입을 열었다.

"……대신관님께 여쭙고 싶은 것이 있습니다."

"네?"

루미엘이 고개를 들어 라이오스를 보았다.

"잠깐 괜찮으시겠습니까?"

"물론입니다만……. 그렇다면 자리를 옮길까요?"

뜬금없는 말에도 루미엘은 선선히 고개를 끄덕였다.

"아니요. 이곳이 좋습니다. 아렌트가 있는 곳에서 대화를 나누는 편이 나을 듯하여. 잠시 문을 잠가도 괜찮겠습니까? 방해를 받고 싶지 않아서 그럽니다."

"……."

루미엘의 표정이 묘해졌다. 하지만 그녀는 이번에도 고개를 끄덕였다.

"네. 뜻대로 하세요."

철컥.

몸을 일으킨 라이오스는 문의 잠금장치를 걸고 돌아왔다.

"곧장 본론으로 들어가겠습니다. 아렌트에 관한 것입니다."

루미엘은 뭔가를 예감한 듯 얼굴을 설핏 굳혔다.

"……네. 말씀하세요."

"본의 아니게……. 대신전에서 아렌트와 대신관님의 대화를 얼핏 들었습니다."

라이오스가 마른침을 한 번 삼키고 운을 뗐다.

"혹시 그때 하신 말씀, 무슨 뜻이신지 여쭈어봐도 괜찮겠습니까?"

"뭘 말씀하시는 건지 저는 잘 모르겠습니다."

루미엘이 시선을 피하며 짧게 대꾸했다. 라이오스는 그녀에게서 눈을 떼지 않으며 차분히 말을 이었다.

"연고가 없다는 말씀이 의아했습니다."

"……."

"외롭다는 것은, 어느 정도 이해할 수 있습니다. 제 곁을 내어 주지 않으려는 녀석이니까요. 하지만 고작 그 정도로 연고가 없다 말씀하시지는 않을 것 같았습니다."

라이오스의 가라앉은 목소리가 이어졌다.

"아렌트에게는 비록 연을 끊었다고 하나 돌아갈 수 있는 가문이 있고, 형님 되시는 분도 가까이 있습니다. 그리고 아렌트가 대신관님의 말씀을 자연스럽게 받아들인 것도, 개인적으로는 의아했습니다."

"……."

"당시에는 정신이 없어서 미처 알아차리지 못했습니다만, 복귀한 뒤 곱씹어 생각해 보니 이질감이 느껴졌습니다. 혹시 대신관님께서 성녀의 곁에 남으시기로 한 연유와 상관이 있습니까?"

기사단장의 어조는 끝까지 차분하기만 했다. 하지만 그래서 더 많은 것을 담아내는 것 같기도 했다. 루미엘은 한동안 대답하지 않고 입을 다물고 있기만 했다.

"……역시 잘 모르겠습니다."

한참 뒤, 그녀에게서 가라앉은 음성이 흘러나왔다.

"무엇보다 이 화제를, 아렌트 경께서 달가워하지 않으실 것 같습니다."

"상관없습니다."

한 치의 망설임도 없이 돌아온 대답에, 루미엘이 놀라 멈칫했다.

"방금 뭐라고 하셨습니까?"

"아렌트의 의사는 상관없다고 말씀드렸습니다. 그리고 대신관님께서 말씀하고 싶지 않으시더라도, 저는 제가 납득할 만한 대답을 내어 주실 때까지 캐물을 작정입니다."

"……."

이번에야말로 루미엘은 멍해지고 말았다.

"아렌트는 가까운 사람과도 거리를 두려 합니다. 어느 정도 곁을 내어 준다고 하나, 본인이 정한 선은 결코 넘지 못하게 합니다."

라이오스는 한 글자씩 힘주어 말했다.

"그동안 저 역시 이 이상 다가가지 않으려 했습니다. 하지만 지켜만 보는 것의 대가가 매번 이 꼴이라면……."

단장의 시선이 잠깐 아렌트의 옆얼굴에 닿았다가 떨어졌다.

"저도 더는 참을 수 없습니다. 아렌트가 목숨 던져 저를 구한 이후로 결심했습니다."

"……."

"대신관님께 이리 무례하게 구는 게, 고작 호기심 때문이 아니라는 건 알아주셨으면 합니다."

루미엘은 말문이 막힌 듯했다.

잠깐 입술을 달싹였다가 다시 입을 다물고, 시선을 아래로 내리깔았다가 아렌트를 보는 것을 반복했다.

"제가 넘겨짚은 것이라면 죄송합니다. 편하게 말씀해

주십시오. 하지만 아무래도 그런 것은 아닌 듯합니다."

혼란스러운 듯한 대신관의 모습이, 라이오스에게 더욱 확신을 주었다.

"아렌트가 루체 님께 빼앗겼다는 게 무엇입니까?"

"……."

루미엘은 한동안 대답하지 않았다.

잠시 후. 이번에는 루미엘이 물었다.

"그렇다면 라이오스 단장께서는, 아렌트 경의 모든 것을 감당하시겠다 장담하실 수 있습니까?"

한결 차가워진 목소리였다.

"적의 수장이 떠들어 댄 말입니다. 저를 현혹하려, 체르니온 교의 수장이 들려준 이야기란 말씀입니다."

루미엘은 가라앉은 눈으로 라이오스를 마주 보았다.

"저는 단순히 거기에 속아 넘어간 것뿐인지도 모릅니다. 아렌트 경께서 그리 대답하신 건, 의식이 흐린 와중에 단지 저를 달래려던 것일 수도 있지요."

"……."

"확실한 것은 아무것도 없습니다."

"하지만 대신관님께는 그게 사실이라 여기셨지요. 대신관님의 판단을 전적으로 믿겠다는 것이 아닙니다. 제가 직접 듣고 결정하겠습니다."

라이오스가 침착하게 대꾸했다.

"저 망할 녀석이 멍청이처럼 혼자 허덕이는 걸 지켜만

볼 생각은, 추호도 없습니다. 그러고 싶지도 않습니다."
 뭐라 더 말하려던 루미엘이 입을 다물었다.
 라이오스가 또박또박 덧붙였다.
 "그러니까 들려주십시오. 이렇게 부탁드립니다."

2장. 서막

서막

언젠가 극장에 이수현이 떠난다는 소문이 파다하게 퍼진 적 있었다.

근거도 있고, 가능성도 제법 높은 이야기였다. 그래서 단원들 대부분은 단순히 소문이 아닌 기정사실로 여겼다.

극단장 강창우 역시 마찬가지였다.

그는 심지어 마음의 준비까지 하고 있었다. 이수현이 만일 이 먼지 덩어리 극단에서 나가 더 넓은 세상을 향해 가겠다면, 웃으면서 보내 주겠노라고.

어느 날.

연습도 없는 날 극장에서 보자는 이수현이 그를 불러냈다.

강창우는 드디어 때가 왔다고 생각했다.

'그 자식이 없으면 이 극장은 어쩌지.'

조금 막막했다.

자신은 이름뿐인 단장이었다. 사실상 극단은 이수현이 이끌어가는 것과 다를 바 없었으니까. 하지만 그렇다고 해서 이 낡은 극장 때문에 이수현의 앞길을 막을 수는 없는 노릇이었다.

그래서 강창우는 선뜻 약속에 응했다.

떠나겠다면, 박수 치며 보내 주겠노라. 몇 번이고 다짐하면서.

그러나 무대 뒤.

낡아빠진 앰프에 걸터앉은 이수현은 그의 예상 밖의 말을 꺼냈다.

"애들한테 헛소리하지 말라고 해. 캐스팅 제안, 거절했으니까."

"뭐?"

강창우는 말문이 막히고 말았다.

입을 쩍 벌린 채 눈을 휘둥그레 뜬 그를 앞에 세워 두고, 이수현은 태연하게 아이스 아메리카노를 홀짝였다.

"뭐."

무심하기 짝이 없는 한 음절에, 강창우가 봉인이 풀린 듯 큰 소리를 내질렀다.

"너, 너, 너 진짜 미쳤냐? 그걸 거절했다고? 그 좋은 기회를?"

"딱히 구미가 당기는 조건도 아니었어."

익히 그런 반응을 예상했다는 듯, 이수현이 태연히 어깨를 으쓱였다.

얼마 전, 이 낡아빠진 극단까지 찾아온 연예계 소속사 스카우터가 이수현을 직접 찾았더랬다.

그러고는 제 명함을 쥐여 주며 꼭 연락 한번 달라며 신신당부했다. 그 광경을 보며 강창우는 속으로 쾌재를 불렀다.

이수현은 이런 코딱지만 한 극장에 있을 인물이 아니었다. 더 큰 세계로 나가서 언젠가는 승승장구할 거라, 믿어 의심치 않았는데.

"이 멍청아! 언제까지 여기서 흙이나 파먹고 살려고 그래?"

"그린 데에 들어간다고 해도 당장 돈이 떨어지는 것도 아니잖아. 먹고 살기도 바빠. 그리고 시끄러우니까 조용히 좀 해."

"넌 진짜……."

강창우가 황당하게 입을 달싹였다.

"몇 달 식비 정도야 내가 못 대주겠냐? 넌 좀, 제발 좀! 내가 말했잖아. 도와줄 사람이 필요하면 제발 재깍재깍 말하라고! 왜 세상 혼자 사는 사람처럼 굴어?"

버럭 고함을 지르는 그에게 이수현이 시큰둥하게 손을 휘휘 내저어 보였다.

서막 〈83〉

"시끄러. 도움받을 일도 아니고. 언제 갚을 수 있을지도 몰라. 잘 된다는 보장도 없고, 무엇보다 내가 안 내켰을 뿐이야."

"넌 정말……."

그러나 이어진 이수현의 다음 말에.

"됐어. 괜찮아."

강창우는 입을 다물 수밖에 없었다.

"여길 떠날 생각 없어."

이수현은 무슨 생각을 하는지 모를 눈으로, 무대 뒤에 늘어진 낡아빠진 장비들을 가만히 응시하고 있었다.

애정이라기엔 건조하고, 지긋지긋해하는 것이라고 말하기엔 따스했다.

"……근데 인간적으로 장비는 좀 어떻게 하면 안 되냐? 나 밥 먹일 궁리 하지 말고 저 먼지 덩어리나 어떻게 좀 처리해 봐."

"얌마, 너 밥 먹일 돈은 있어도 저거 교체할 돈은 없어. 극장 수입으로는 월세 내는 게 고작이라고."

"극단장 주제에 사비 털 생각은 없냐?"

"이게 아주 당당하게 삥을 뜯으려고 하네. 내가 지금껏 사비로 보수한 게 얼마나 되는지 잘 알면서 그래?"

자연스럽게 시작된 말다툼은 결국 그날 저녁 식사를 한 뒤 즉흥적으로 벌어진 술자리에서까지 이어졌다.

분명 앞으로도 계속 그런 일상이 이어질 거라, 강창우

는 생각했다.

하지만 캐스팅 소동이 모두의 기억 속에서 흐려질 무렵.

결국 극장은 불의의 사고라는 최악의 방식으로 이수현을 영원히 잃어버리고 말았다.

* * *

맞아, 그런 대화를 나눈 적이 있었다. 이젠 까마득한 과거처럼 느껴지지만.

지금 돌이켜 보자면, 자신은 그 작은 극장을 꽤 좋아했다. 아무것도 없던 인생에서 유일한 둥지처럼 여겼을지도 모르겠다.

자신이 그때 가졌던 애정을 자각하기까지, 너무나도 오랜 시간이 걸렸다는 게 문제였다.

사실 난 극장을 꽤 좋아했다고, 이런 말을 강창우에게 들려주면 뭐라고 할까.

이수현은 정신이 어렴풋한 와중에 그런 생각을 떠올렸다.

'그걸 이제야 알았냐고 구박하려나.'

아니면 왜 그걸 지금 말하냐고 퉁바리라도 줄까. 어쨌든 지금 와서는 알 수 없는 일이었다.

이제 이수현이라는 이름은 영영 되찾을 수 없게 되었으

니까.

* * *

 온몸이 아팠다. 이불이, 옷이 몸에 닿는 느낌조차도 쓰라리게 다가왔다. 짙은 약 냄새와 피 냄새가 뒤섞여 속이 어지러웠다. 자신이 지금 어디에 있는지, 뭐가 어떻게 되었는지도 알 수 없었다.
 "으······."
 억지로 눈꺼풀을 들어올렸다.
 그러자 마치 셰익스피어 연극에나 사용할 것 같은 화려한 천장이 보였다.
 '······아니지.'
 저건 조잡한 무대 세트 따위가 아니라 진짜였다.
 돌아온 것이다. 그 치열했던 전장에서 황궁으로.
 "정신이 좀 드나?"
 익숙한 목소리가 들려왔다. 아렌트는 눈동자만을 움직여 음성이 들린 곳을 보았다.
 라이오스가 침대가에 앉아 있었다. 그 옆에는 루미엘이 침대에 엎드린 채 곤히 잠든 것이 보였다.
 다시 천천히 눈을 감은 아렌트는 온갖 것이 뒤섞인 한숨을 천천히 내쉬었다.
 "하아······."

안도감. 그리고 새삼스럽게 덮쳐오는 막막함.

도대체 어떤 얼굴로 루미엘을 봐야 할 지 알 수 없었다.

방금 꾼 꿈과, 기절하기 직전 루미엘과 나눴던 대화가 머릿속에서 어지럽게 겹쳐졌다.

이수현이길 포기했다.

그런데 이제는 그가 아렌트가 아니라는 사실을 아는 사람이 생겨 버렸다.

'이제 어째야 하나······.'

무대 뒤의 인간을 들켜 버렸으니.

연기가 더이상 의미가 있을까.

머리맡에서 라이오스가 말을 이었다.

"네 상태가 꽤 안정되었기에, 렉시온 님이 치료 마법을 시전해 주셨다. 그래도 아직은 움직이기 힘들 거다."

"······."

뭐라 말하려던 아렌트는 그냥 입을 다물어 버렸다. 한참 뒤, 그가 다시 운을 뗐다.

"······대신관님은요? 괜찮으신 거예요?"

힘 빠진 목소리가 흘러나왔다.

"네 덕분에 대신관님은 조금도 다치지 않으셨다. 다만 벌써 일주일째 네 옆에서 밤을 새고 계셔서, 렉시온 님이 마법으로 재워드렸다. 막 옮겨드리려는 참에 네가 눈을 뜨더군."

"······."

"더 자라."

막 라이오스가 돌아서려는 찰나.

"단장님."

아렌트가 그를 불러세웠다. 라이오스가 멈칫하자, 아렌트가 모든 것을 자포자기한 것처럼 말했다.

"하고 싶은 말이 있으면 해요. 심란해 죽겠다는 얼굴로 사람 보지 말고."

"……하아."

짧게 한숨을 내쉰 라이오스가 다시 몸을 돌렸다.

"너야말로 무슨 말이 하고 싶은 거냐."

"대신관님께 아무런 말도 못 들었어요?"

아렌트의 언짢은 물음에 라이오스가 짧게 대꾸했다.

"들었다."

"그런데요?"

돌아온 대답이 다소 날카로워졌다.

"그뿐이에요?"

"물론 묻고 싶은 것은 많다만, 지금은 적절하지 않다고 생각했을 뿐이야."

라이오스가 침착하게 말했다. 마치 그를 달래려는 것처럼.

"지금은 아무 생각 말고 쉬어라. 고생했다. 네가 이 싸움을 승리로 이끌었어."

"승리라……."

천장을 응시하며, 아렌트가 조소를 터뜨렸다.

"지금 당장은 그럴지도 모르죠. 하지만 성녀를 놓쳤으니……. 결국 뿌리 뽑지 못한 거나 다름없어요."

"네가 한 가지 착각하는 것 같다만."

라이오스가 힘주어 말했다.

"거기까지는 네 몫이 아니야. 우리 후대의 이들이 해결해야 할 일이지."

"……."

"우리는 지금부터 그것을 위해서 힘쓰면 된다. 초대 황제 폐하께서 그러셨듯이."

뭐라 대꾸하려던 아렌트가 입을 다물었다. 라이오스가 그를 향해 느릿느릿 덧붙여주었다.

"너나 나나, 다른 사람들이나……. 아직 할 일이 많다."

삼시 후, 그에게서 다소 갈라지는 목소리가 흘러나왔다.

"……우리요?"

"그래."

라이오스가 당연하다는듯 고개를 끄덕였다.

아렌트는 속에서 뭔가가 치밀어 오르는 것을 느꼈다. 그는 뻣뻣한 팔을 움직여 제 이마를 짚었다.

"내가 누군 줄 알고요?"

꽉 억눌린 음성이었다. 마치 누군가에게 목을 졸리는 것처럼.

"난 널 안다."

라이오스는 한 치의 망설임도 없이 답을 내어 주었다.

"루미엘 대신관님도, 황태자 전하도, 그리고 네 선배들도 모두 네가 누군지 잘 안다."

"대신관님께 들었다면서요."

아렌트가 점점 거칠게 숨을 몰아쉬기 시작했다.

"난 여기 있으면 안 되는 놈이라고요."

"여기 있으면 안 될 사람은 없다."

"당신이 그렇게 갱생시키려고 노력했던 견습 기사가 아니라고, 난."

"세상을 구한 것도, 내가 죽도록 갱생시키려 했던 것도 너다."

잠깐 뜸을 들이던 라이오스가 덧붙였다.

"……한 명은 결국 끝까지 마음을 돌리지 않았지만. 너 역시 지독하게 말 안 듣는 건 마찬가지야."

"내가 그 녀석을 죽이고, 이 자리를 차지했다고 해도?"

"자세한 사정은 모른다. 하지만 네가 그럴 만 한 위인이 못 된다는 건 누구보다도 잘 알아."

무의미한 문답이 이어졌다.

결국 먼저 입을 다문 쪽은 아렌트였다.

라이오스는 여전히 얼굴을 가리고 있는 그를 물끄러미 내려다보았다.

"아렌트 폰 에크하르트."

"……."

"무슨 생각을 하는지는 알겠지만, 다 괜찮다. 안심해. 달라질 건 없다. 넌 그저 너일 뿐이니."

아렌트는 여전히 대답하지 않았다.

표정을 숨길 생각도 못 하고, 얼굴을 일그러뜨린 모습은 마치 낯선 곳에 혼자 동떨어진 어린아이 같았다. 그를 보는 라이오스의 눈빛에 얼핏 안타까움이 깃들었다.

"……쉬어라."

라이오스는 루미엘을 조심스럽게 안아 들고 몸을 돌렸다. 아렌트에게 혼자 있을 시간을 주기 위함이었다.

탁.

문이 닫혔다. 그제서야 봉인이 풀린 듯, 아렌트의 입에서 커다란 탄식이 터져 나왔다.

"하……."

아렌트는 손으로 상처투성이 얼굴을 쓸어내렸다.

속이 울렁거렸다.

이건 단 한 번도 상정해 보지 못한 시나리오였다.

'토할 것 같아.'

어떻게든 숨겨 오려던 치부를 들킨 것 같았다. 동시에, 끊임없이 목을 조르던 쇠사슬이 갑자기 풀려난 것 같기도 했다.

거기까지 생각이 미치자 갑자기 모든 것이 다 허탈해졌다.

"……."

달라질 것은 없다, 라.

"……이제 와서 별로 상관 없나."

툭. 아렌트는 팔을 아무렇게나 침대 위에 내던져 버렸다. 어차피 라이오스나 루미엘이나, 그런 사실을 아무데나 떠벌리고 다닐 사람들이 아니었다.

두 사람이 그 사실을 알고 있는 것조차, 어쩌면 별 거 아닌 일일지도 모르겠다는 생각마저 들었다.

싸움은 끝냈으나, 아직도 해야 할 일은 많았다. 해결해야 할 것도 있었다.

이수현이라는 이름은 잃었으나, 자신에게는 아렌트 폰 에크하르트라는 역할이 아직 남아 있었다.

"하……. 하하."

억눌린 한숨이 힘없는 웃음소리로 변하기까지는 오래 걸리지 않았다.

"하하하하."

실성한 사람처럼, 아렌트는 한참동안이나 그렇게 웃었다.

그 낡아빠진 극장을 아꼈듯이, 자신은 그토록 욕했던 '성검의 푸른 기사'역시 꽤 좋아했다.

게다가 결국에는 이 빌어 처먹을 무대, 망할 세상과도 사랑에 빠져 버렸다.

그 사실이 스스로도 어처구니가 없었다.

가면 뒤의 얼굴을 들킨 지금에서도, 떠날 생각이 전혀

들지 않다니.

'아.'

이곳은 이미 그의 무대였다.

'아렌트 폰 에크하르트'로서의 인생은 종막을 맞이하기는 커녕, 이제야 서막이 열린 것이다.

* * *

다시 곯아떨어진 아렌트는 3일 밤낮을 자고 일어났다.

그리고 마침내 전투가 끝난지 꼭 한 달이 되던 날.

드디어 치료사로부터 아렌트를 면회해도 좋다는 허락이 떨어졌다.

"야, 이 망할 자식아!"

나싸고싸 쳐들어온 르웰린이 아렌트를 기습적으로 와락 껴안았다. 아렌트가 기겁하며 그를 떼어 내려 마구 밀었다.

"징그럽게 진짜, 안 떨어져?"

"망할 새끼야! 너 진짜 죽는 줄 알았단 말이야! 내가 얼마나 무서웠는지 아냐?"

그러나 르웰린은 들은 척도 하지 않고 본격적으로 대성통곡하기 시작했다.

아렌트는 질색팔색하며 그를 마구 밀어냈지만, 팔에 힘이 하나도 없는 통에 그 노력도 무용지물이었다.

"허어어엉!"

"아 씨, 선배! 이 새끼 좀 떼내 봐요!"

아렌트가 아서를 향해 도움을 요청했지만, 아서는 얄밉게 혀만 쏙 내밀 뿐이었다.

"네 업보려니 해라. 사람 놀래켰으면 그 정도 벌은 받아야지."

"아니, 아프다고! 상처 아파! 떨어져!"

아렌트는 온갖 우여곡절 끝에 눈물콧물을 다 짜내는 르웰린을 떼낼 수 있었다.

하지만 자유를 찾은 것도 잠시, 이번에는 피난갔다가 돌아온 시튼과 에녹, 로지가 달라붙어 왔다.

"왜 이렇게 많이 다치셨어요, 아렌트 경!"

"으아아아앙! 아프지 말아요!"

시튼과 로지가 아렌트의 양 어깨에 매달려 있는 동안, 에녹과 세일럼 역시 한 걸음 떨어진 곳에서 훌쩍이며 눈가를 벅벅 닦아대고 있었다.

"마음대로 해라……"

그쯤되니 아렌트는 모든 것을 다 포기할 수밖에 없었다.

넋이 나간 얼굴로 축축해지는 어깨를 받아들이고 있는 아렌트를 보며, 모두는 숨죽여 웃었다.

결국 아렌트는 치료사가 만류한 뒤에야 벗어날 수 있었다.

"와, 씨……."

모두가 치료사에게 쫓겨나듯 돌아간 뒤.

아렌트는 기가 쏙 빨린 얼굴로 힘없이 털썩 침대에 드러누워 버렸다.

"내가 무슨 죄를 지었다고……."

아렌트가 한탄처럼 터뜨리는 말에, 라이오스가 타박을 주었다.

"죄는 지었지. 아무도 너한테 혼자 그렇게 무리하라고 말한 적 없다만."

"제가 늘 말하지 않습니까? 꼬우면 먼저 움직이시라고. 본인들이 느려 터진 주제에 왜 나한테 난리에요?"

"마음에 안 들면 다치질 말았어야지. 온몸이 걸레짝인 주제에 말은 잘 하는군."

투덕대는 두 사람을 보며 루미엘이 쓴 미소를 지었다.

"제가 어리석은 판단을 내린 탓에……. 죄송합니다. 아렌트 경을 더욱 무리하게 만들어 버렸으니."

"잘 아시니 다행……."

턱.

라이오스가 순식간에 그의 입을 틀어막아 버렸다.

"읍."

"신경쓰지 마십시오, 대신관님. 대신관님의 용기를 어리석다 말할 사람은 아무도 없습니다. 다만 대신관님 스스로를 좀 더 소중히 여기셨으면 하는 아쉬움이 남았을 뿐입니다."

"하하……."

루미엘이 어색하게 웃었다. 라이오스가 아무리 좋은 말로 포장한들, 이미 아렌트의 말을 들어 버린 이상 그걸 없는 것으로 만들 수 없는 노릇이었다.

눈을 세모로 뜨고 라이오스를 노려보려던 아렌트는 이내 포기하고 한숨을 푹 내쉬었다.

'이러나저러나, 평소랑 다를 바 없나.'

라이오스는 여전히 아렌트 사고뭉치 취급하고 있었다. 그를 바라보는 루미엘의 눈빛은 물가에 내어 놓은 어린애 대하듯 했다.

예전과 다름없이 대하겠다는 라이오스의 말도 진심인 듯했다.

아렌트 폰 에크하르트가 바꿔치기당했다는 것을 잘 알면서도…….

'결국 난 나라는 건가.'

물론 두 사람도 겉보기만큼 태연한 것은 아닐 터였다. 자신이 의식불명이던 중, 끊임없이 고뇌하고 고민했겠지.

그리고 나름대로 결론을 내린 것이다.

아무것도 캐묻지 않고, 자신들 역시 그냥 모든 사실에 대해 함구하기로.

그가 어떤 삶을 살았건 상관없다는 말을 몸소 실천하려

는 거였다.

'……다행이라고 해야 하나?'

저들이 아렌트로서의 자신을 존중하겠다는 의미도 되었으니까.

그렇다면 자신 역시 이대로 아무 일도 없었다는듯, 아렌트 폰 에크하르트로서 자리를 지킬 수 있다. 언젠가 뒷모습을 보이게 될지도 모르지만 아직은 때가 아니었다.

'나도 준비가 되지 않았으니까.'

빼앗긴 것들을 태연하게 입에 올리기에, 아직 자신은 너무 나약했다.

그때, 달칵.

노크도 없이 문이 열리고 렉시온이 들어왔다.

방 안의 꼴을 본 렉시온이 잠깐 멈칫했다.

한 손으로 아렌트의 입을 틀어막은 라이오스와, 어색한 미소를 지은 루미엘.

대충 어떤 상황이었는지 충분히 짐작할 수 있었다.

"……진짜 대단하군."

렉시온이 빈정거림을 담아 말하자 아렌트가 라이오스의 손을 밀치고 대꾸했다.

"제가 좀."

"넌 제발 입 좀 다물어라. 다 죽어 가는 걸 살려 놨더니, 눈 뜨자마자 이렇게까지 시끄러워질 줄은."

탁. 문을 닫고 들어온 렉시온이 아렌트의 앞에 섰다.

렉시온의 얼굴에는 못 보던 안대가 자리 잡고 있었다.

'그러고 보니…….'

언젠가 니케포르와의 전투를 마치고 돌아온 렉시온은 한쪽 눈이 크게 파인 상태였다. 그것을 떠올린 아렌트가 고개를 기울였다.

"그건 못 고쳐요?"

"아무래도 어렵겠더군. 너희 하등 종족처럼 시각에 의존하는 일은 없으니 별로 상관없다."

렉시온이 아무렇지도 않게 대꾸했다. 그러자 라이오스와 루미엘의 표정이 설핏 굳었다.

"고생 많으셨습니다, 렉시온 님."

"이제와서 공치사는 됐어. 그것보다……."

라이오스가 건넨 말에 손을 휘휘 내저은 렉시온이 아렌트의 이불을 확 걷어 냈다. 그리고는 예고 없이 한쪽 다리를 붙잡고 면밀히 관찰하기 시작했다.

발목을 돌렸다가 무릎을 구부려 보기도 했고, 반대로 완전히 쭉 당겨 늘리기도 했다.

아렌트는 짧게 한숨을 내쉬고 그가 하는 대로 내버려두었다.

잠시 후. 렉시온이 쯧 혀를 찼다.

"역시 약간 둔해졌군. 약간 절게 될지도 모르겠다."

"상관없어요. 목숨만 붙어 있으면 됐지."

아렌트가 어깨를 으쓱였다. 시큰둥하게 말하는 그에게

라이오스가 눈을 흘겼다.

"남 일처럼 말하지 마라."

"완전히 회복은 어렵겠습니까?"

이번에는 루미엘이 염려스럽게 물었다. 그러자 렉시온이 고개를 끄덕였다.

"아무래도. 이번 전투 이전에 다친 상처지? 온전히 회복하지 못한 상태로 부상이 악화되는 바람에 후유증이 남았다."

아렌트 쪽을 눈짓한 렉시온이 말을 이었다.

"이미 약해진 것은 회복 마법으로도 고칠 수 없어. 일상에는 크게 지장이 없을 테니 그것으로 만족해."

"그렇군요……."

루미엘의 표정이 흐려졌다. 하지만 아렌트는 그다지 아랑곳하지 않았다.

"됐어요. 이제는."

늘 그랬듯 시큰둥한 무표정이었지만, 어쩐지 개운해 보이는 얼굴이었다. 덕분에 세 사람은 더 잔소리할 명분조차도 잃어버리고 말았다.

아렌트가 태연하게 말을 이었다.

"숨 붙어 있으면 됐지. 많은 걸 바랄 생각은 없습다."

"……하여튼, 한결같은 놈."

한숨을 푹 내쉰 렉시온이 고개를 내저었다.

"그건 그렇고. 이제 모두 정리됐으니 그거나 내놔라."

"뭘요?"

아렌트가 의아하게 묻자 렉시온이 언짢게 인상을 찌푸렸다.

"네가 가지고 간 그 책. 대신관이 보관하고 있다고, 분명 그렇게 알고 있다만. 강화 마법이 걸려 있으니 저 정도 화재로 소실되지는 않았을 테고."

"아, 그것은……."

가만히 듣고 있던 루미엘이 끼어들려 했다. 하지만 아렌트가 한쪽 손을 들어 그녀를 저지했다.

"대신관님. 저랑 약속하신 것 잊으셨어요?"

"네?"

루미엘이 멈칫하자 아렌트가 천연덕스럽게 말했다.

"저랑 정한 암호가 있잖아요."

"아."

단박에 루미엘의 표정이 애매해졌다.

"아렌트 경, 진심이세요?"

"당연히 진심이죠."

렉시온이 와락 인상을 찌푸렸다.

"너, 또 무슨 수작을 부리려고."

"수작이라뇨. 루미엘 대신관님께 암호를 말하고 나서 찾아가기로 약속했잖아요. 한 번 한 약속은 지켜야 하지 않겠습니까?"

아렌트가 어깨를 으쓱했다.

"뭐, 니케포로도 죽었으니 이제 큰 의미는 없지만. 그래도 이왕이면 철저히 하는 게 좋잖아요."

얼핏 보았을 때는 시큰둥한 표정이었지만, 은근한 장난기가 드러나 있었다.

"시종들한테 찾아오라고 시킬 테니까, 녀석들이 가지고 돌아오면 암호를 알려 드릴게요. 그때 받아 가세요."

"……도대체 무슨 수작질을 부리려고."

렉시온이 떨떠름하게 투덜거렸다.

직접 잿더미를 뒤져 찾아내는 것도 가능했지만, 아무리 초토화된 신전이라도 어지간하면 발을 들이고 싶지 않은 게 솔직한 심정이었다.

"수작이라뇨. 제가 언제 그런 짓을 했다고."

"대신관. 저 말에 동의하나? 어차피 저 녀석이 그대에게 맡긴 물건이니, 돌려주는 건 그대 재량일 텐데."

렉시온이 루미엘을 향해 화살을 돌렸다. 그러자 루미엘이 어색하게 웃으며 시선을 피했다.

"유감스럽게도 목숨을 빚진 입장인지라……. 죄송합니다."

"진짜 대단하군."

렉시온이 어처구니없이 투덜댔다. 설마 본신을 내보였는데도 이런 취급을 받을 거라고는 상상도 못 한 그였다.

마치 배부른 고양이처럼, 아렌트가 느긋한 미소를 지었다.

"유감이네요. 여긴 다 제 편이거든요."
"……."
세 사람이 멈칫했다. 잠시 후, 렉시온이 어쩔 수 없다는 듯 고개를 내저었다. 루미엘과 라이오스의 입가에 부드러운 미소가 맺혔다.
루미엘이 작게 웃으며 한 마디 얹었다.
"그러게요. 유감입니다, 렉시온 님."

* * *

해가 지고 어둠이 내려앉은 시간.
라이오스와 루미엘이 자리를 비우고, 방 안에는 아렌트와 렉시온만이 남았다.
어두운 방 안, 침대에 기대앉은 아렌트가 시큰둥하게 물었다.
"떠나시게요?"
"……눈치도 빠르군. 어떻게 알았지?"
"이제 싸움도 끝났겠다, 렉시온 님이 굳이 제국에 남아 있을 필요는 없잖아요."
아렌트가 짐짓 태연하게 말했다.
"지금껏 찾지도 않던 물건을 돌려달라고 하시니까."
"네 말대로다. 이제 내가 이곳에서 할 일은 없어. 애초에 너무 오래 머물렀다."

렉시온 역시 담담하게 고개를 끄덕였다.

"남은 것은 너희들이 알아서 할 일이지."

아직 제국에는 많은 숙제가 남아 있었다. 전쟁 후 수습과 피해 처리, 그리고 내부적 혼란을 잠재우는 일까지.

아직 루체 교와의 관계 정리도 끝나지 않았다.

넓은 제국 안에 적지 않은 신도가 남아 있는 이상, 당분간은 내부 혼란을 정리하는 것도 쉽지 않을 터였다.

하지만 그것은 모두 인간들의 몫이지, 렉시온이 관여할 수 있는 부분은 아니었다.

"이제 와서 묻는 것도 좀 웃기긴 한데. 그거 도대체 뭐에요?"

아렌트가 지나가는 말처럼 물었다. 잠깐 뜸을 들이던 렉시온이 툭 내뱉었다.

"기록."

"기록?"

"동족들에 대한 기록."

렉시온이 한번 더 말을 되풀이해 주었다. 아렌트가 눈을 조금 크게 떴다.

"너희들이 상상한 것만큼 대단한 물건은 아니다. 체르니온 신을 따르던 웬 별종 하나가, 동족들에 대해서 간략하게 기록해 놓은 물건이지."

한동안 침묵하던 아렌트가 다시 물었다.

"그게 있으면 드래곤을 찾을 수 있는 겁니까?"

"한때는 그리 생각해서 찾아 헤맸던 거다만, 지금 와서는 별로 쓸모 없을 것 같더군. 드래곤들이 전부 다 자의로 종적을 감춰 버렸으니, 그런 것 따위는 무용지물이지. 그래서 되찾는 걸 미뤄 둔 거다."

잠깐 뜸을 들이던 렉시온이 덧붙였다.

"하지만, 동족의 마지막 하나 남은 유품 정도의 의미는 될 테니."

"……."

방 안에 다시금 정적이 감돌았다. 잠시 후. 아렌트가 화제를 돌려버렸다.

"떠나면 어디로 가실 건데요?"

"글쎄다."

렉시온이 한숨처럼 말했다.

"이런 와중에도 나타나지 않는 동족을 찾을 수 있을지도 모르고. 혹시 남아 있을지 모를 잔당을 처리하는 것도 나쁘지 않겠지."

"아직 남아 있는 드래곤이 있다고 생각해요?"

"모두가 다 뒈져 버리지는 않았을 테니까. 니케포르는 이 지상에 우리 단 둘만 남았다고 여기는 것 같았다만……."

아렌트의 물음에 렉시온이 말끝을 흐렸다.

"하나라도 남아 있을지 모르지. 인간들 속에 섞여 숨어 있을 가능성이 제일 높아."

"흐음."

아렌트는 짐짓 아무렇지도 않게 말했다.
"뭐, 잘해 봐요."
비아냥인지 응원인지 알 수 없는 말에, 렉시온은 이번에도 복잡한 표정을 지을 수밖에 없었다.
저 조그만 머리통에 도대체 무슨 생각이 들어 있는지, 도통 알 수가 없는 탓이었다.

* * *

어떤 때보다도 단단한 방비 속에서, 아렌트에게 허락된 것은 먹고, 자고, 또 뒹굴거리고, 노닥거리는 것뿐이었다.
침대 밖으로 한 발짝이라도 나갈라치면 루미엘이 슬픈 눈으로 바라보는 통에 그것조차도 여의치 않았다.
"아니, 이건 좀 심한 거 아니에요?"
"네 업보려니 해라. 이따가 젠 시켜서 간식이나 더 넣어 주지."
잠깐 짬이 난 틈에 찾아온 칸타레스의 얄밉기 짝이 없는 발언이었다.
본인이 답답해서 미치든 말든, 기사들이며 엘프들, 그리고 시종들은 전혀 아랑곳하지 않았다.
버티다 못해 짜증이 폭발할라치면 어김없이 입에 맛있는 간식거리가 쑤셔 넣어지곤 했다.

서막 〈105〉

"……."

그렇게 되면 아렌트에게는 불퉁한 얼굴로 과자를 냠냠 대는 것 외에는 선택지가 없었다. 지금 당장은 누군가의 도움 없이는 움직이기 힘든 게 현실이었으니까.

아렌트를 효과적으로 감금하는 걸 성공한 그들은, 다음으로 외부 압박을 막아 내는 데에 집중했다.

"한 번만이라도 아렌트 경을 만나 뵈면 안 됩니까? 정신을 차리셨다 들었습니다."

"안 됩니다."

간절히 애원하는 귀족들에게 리히트가 딱 잘라 대꾸했다.

"목적이 무엇이신지는 모르겠습니다만, 아직 회복 중입니다. 혹시 용건이 있으시다면 단장님을 통해 부탁드립니다."

"……."

좋은 말이었지만 결국 라이오스 앞에서도 지껄일 수 없는 용건이라면 닥치고 꺼져라, 정도의 의미였다. 그렇게 아렌트에게 향할 온갖 부탁들과 뇌물, 청탁 등이 원천 차단되었다.

어깨를 늘어뜨리고 돌아가는 귀족을 보며, 아서가 어처구니없이 말했다.

"저 사람은 또 뭐가 목적이랍니까?"

"친인척 중 하나가 체르니온 교단에 가담해 실종됐다

더군. 그래서 연좌제로 본인도 휘말릴까 봐 아렌트에게 싹싹 빌어 볼 생각이겠지."

라이오스나 칸타레스는 그런 청탁에 꿈쩍도 하지 않을 인물이니, 아렌트에게 매달려 볼 속셈인 것이다.

"벌써 몇 명째죠? 어제는 먼 지역의 루체 교 쪽 신관이 토론을 나누고 싶다며 찾아왔던가."

"말이 토론이지. 항의하러 온 게 분명해. 루체 교에 대한 황실의 공식적 발표가 나오지 않았으니, 아직은 과거처럼 돌아갈 수 있을 거라 생각하는지도 모르고."

하지만 그들이 하나 간과한 것이 있었으니…….

아렌트가 결코 만만찮은 인물이라는 거였다. 그에 대해 조금이라도 아는 사람은 눈이라도 마주칠세라 슬슬 피해 다니는 것이 기본이었다.

멀어지는 뒷모습을 보며 아서가 떨떠름하게 말했다.

"쫓아내 주는 걸 다행으로 여길 때가 오겠죠."

"본인한테 걸리면 그저 그런 정도로는 끝나지 않을 테니까."

리히트가 동의하자 아서가 농담처럼 말했다.

"오히려 아렌트는 반가워하는 거 아닙니까? 저런 장난감을 한둘 정도 던져 주면. 심심해서 돌아 버리기 직전처럼 보이던데요."

"사람을 장난감이라고 부르면 안 된다. 그리고 본인 의사가 어떻든, 우리가 할 일은 변하지 않아."

잠깐 뜸을 들인 리히트가 덧붙였다.

"아주 약간이라도 아렌트의 휴식을 방해할 만한 일이 생기면, 우리 전부다 단장님 손에 죽는다."

"……그랬죠, 참. 황태자 전하께서도 가만 계시지 않을 테고."

불호령을 내리는 라이오스와 칸타레스의 모습을 떠올린 두 사람이 저도 모르게 부르르 몸을 떨었다.

3기사단의 망할 견습 기사 녀석은, 가진 뒷배가 지나치게 든든했다.

* * *

"사망자는 아직 집계도 덜 되었고, 실종자는 파악할 수 없음……. 진짜 골 때리는군."

칸타레스가 관자놀이를 꾹꾹 눌렀다.

제레온이 골머리를 썩는 그의 앞에 따뜻한 차를 건네주었다.

"워렌 님과 스텔 님이 발견하신 곳에서 실종자들이 다수 발견되었다고 하지 않았나요? 구울들의 모체 속에 사로잡혀 있었다고 했던가."

"그랬지. 하지만 거기서 발견된 사람 중 신원을 파악할 수 있는 자는 몇 없더라고."

칸타레스가 한숨을 섞어 대답했다.

놈들도 병력을 늘리려 혈안이 되어 있던 상태였다. 투항한 일반인들이나 사로잡힌 피해자들은 곧장 구울의 재료가 되어 모체에 투입당했다.

그나마 가까스로 살아있던 몇몇 이들도 워렌과 스텔의 판단하에 즉결 처분되었다.

"워렌의 말에 의하면, 당시 살아 있던 자들도 어떻게 해 볼 수 있는 상태가 아니었다더군. 차라리 죽는 편이 나을 지경이라고 했으니까."

그들 중 신원이라도 파악된 이들은 차라리 운이 좋은 축에 속했다. 대부분은 구울이 되어 누가 누군지도 모르게 기사의 손에 처리되었을 테니까.

칸타레스는 관자놀이를 꾹꾹 누르며 생각에 잠겼다.

"일단은 노이만 상단 측에 지원을 요청해서……. 그쪽은 전쟁 이전에 충분한 물자를 확보해 뒀다고 하니까. 일단은 피해자 구호에 최선을 다해야지."

"엘프 분들과 다른 왕국의 지원군도 손을 보태 주신다고 하니, 복구에 그리 오랜 시간이 걸릴 것 같지는 않습니다. 그리고 대신전 쪽은……."

제레온이 말끝을 흐렸다.

"아무래도 의견을 정리하려면 시간이 좀 걸릴 듯 보입니다."

"하아아아. 그렇겠지."

칸타레스가 골치 아파 죽겠다는 한숨을 내쉬었다. 대신

전 복구에 관련해서는 끊임없는 언쟁이 오가고 있었다.

"어떤 식으로든 복구는 해야 할 테지만……. 글쎄다. 루체 교단에 어느 정도의 권위를 허락하느냐가 문제인데."

신성력을 잃어버린 대신전 소속의 신관들은 해당 화제에 미적지근한 반응을 보였다.

그리고 대신관 루미엘은 아렌트를 간병하느라 정신이 없는 상황이었다.

그래서 생각보다 잠잠하게 넘어갈 거라 생각했으나, 아무래도 오산이었다.

그들 대신 날뛰는 것은 지방에 남아 있던 루체 교의 신관들이었다.

"아무래도 직접 보고 들은 것과, 서면으로 상황을 통보 받는 것은 다르니까요."

제레온이 착잡하게 말했다. 황궁에서는 이제 대부분 사람들이 아렌트의 말에 귀를 기울이고 있었다.

루체 신과 체르니온 신이 공범이며, 루체 신은 자신의 힘을 키우기 위해 체르니온 교단을 방치했다가 이내 승리하기 위해서 성검과 사람들을 이용했다는 주장이 이제야 제대로 먹혀들기 시작한 거였다.

그런 주장을 가장 먼저 펼친 아렌트가 라이오스와 여러 나라의 수장, 그리고 드래곤의 지지를 받는 것으로도 모자라…….

"제 한 몸을 던져 대신관님을 직접 구하기까지 했으니

말이야."

칸타레스가 턱을 괴며 덧붙였다.

이제 아렌트의 진정성에 의문을 던지는 얼간이는 더 이상 없다고 보아도 무방했다.

"하지만 직접 겪지 못한 이들은 어처구니가 없겠지. 견습 기사의 말 한마디 때문에 칼리온 제국의 국교의 위치까지 잃어버리게 생겼으니까."

"전하께서는 어떻게 생각하십니까?"

"내 의사는 이미 한참 전에 표시하지 않았던가?"

제레온의 짓궂은 물음에 칸타레스가 눈을 흘겼다.

"오늘도 지방의 신관들이 항의해 오더군. 아렌트가 신을 모함했다고. 사실 틀린 말은 아니지. 지금 대중에 공개된 바는 절반쯤 아렌트가 꾸며 낸 이야기니까."

그러나 그것조차도 신의 손길에서 사람들을 지키기 위한 거짓말이었다.

"결국 진실은 아렌트밖에 모르는 일이 되어 버렸고······."

칸타레스가 시선을 아래로 내리깔았다. 자신이 신을 모함했다고는 말했지만, 아렌트는 결국 뭐가 사실인지는 끝까지 실토하지 않았다.

'말하지 않겠다 작정한 것인지, 말하지 못하는 건지.'

아렌트가 입을 열지 않는 이상 끝까지 모를 일이었다.

"일단은 알려진 게 사실이라며 끝까지 밀어붙이는 수밖에."

제레온이 마침 같은 생각을 떠올렸는지 넌지시 물었다.

"아렌트 경께 여쭤볼 생각은 없으십니까? 진실이 뭔지. 국가 중대사가 걸렸으니, 한 번쯤 짚고 넘어가야 할지도 모릅니다."

"……."

잠깐 침묵이 흘렀다. 칸타레스는 심란한 고민에 빠져 한동안 답을 내어 주지 못했다.

얼마 후.

"……일단 지금은 됐어."

"괜찮으십니까?"

"어. 괜히 벌집 쑤신 꼴 만드는 것도 지금은 골치 아프고. 때가 되어서 필요하다 판단하면, 놈이 알아서 말해 주겠지."

칸타레스는 다시 서류를 처리하던 펜을 움직이기 시작했다.

"놈이 아직까지 입을 다물고 있다는 건, 굳이 알 필요 없는 부분이라는 것일 테니까. 환자를 들쑤시는 것도 별로 내키지 않아."

"그러시군요."

제레온도 순순히 납득하고 고개를 끄덕였다. 그러자 이번에는 칸타레스가 물었다.

"잔소리 안 해? 국가 중대사를 고작 이런 사사로운 감정으로 결정한다는데."

"저는 언제나 전하의 뜻을 따를 뿐이랍니다. 이견은 없습니다."

보좌관이 빙그레 미소 짓자 칸타레스가 입을 비죽였다.

"은근슬쩍 나한테 모든 결정을 미루겠다는 뜻으로 들리는데. 주군이 잘못된 행동을 하면 충언을 올리는 것도 보좌관의 역할 아니었던가?"

"분명 그렇습니다만, 충언을 올려도 안 들으실 분이라는 것은 누구보다도 제가 잘 아니까요."

"……."

그 부분에 대해서는 더 할 말이 없었다. 칸타레스가 다시 입을 꾹 다물자 제레온이 킥킥 웃음을 터뜨렸다.

"그리고 저 역시 같은 생각인데, 굳이 반대할 필요도 없지 않습니까. 이대로 덮고 지나가는 것도 문제없을 거라 생각합니다."

"덮고 지나가는 거라고 아주 대놓고 말해 버리는군."

그제야 칸타레스도 피식 웃음을 지었다.

"아, 그리고 방금 리히트 경께서 보고를 올리셨습니다만. 올리비아 백작께서 아렌트 경을 찾아오셨다더군요."

"알았어."

칸타레스가 고개를 끄덕였다.

"잘 기억해 두지."

그렇게 말하는 황태자의 어조에는 약간의 살기까지 드리워져 있었다. 벌써 저런 식으로 황태자의 '기억' 속에

서막 〈113〉

이름을 남긴 자는 열 명 가까이 되었다. 어색하게 미소 지은 제레온이 화제를 돌려 버렸다.

"아렌트 경께서는 순조롭게 회복 중이시라고 하더군요. 아까 간식을 전달해 드리러 갔다가, 이제 곧 렉시온 님이 마지막 치료 마법을 시전해 주실 거라 전해 들었습니다."

"그래? 생각보다 빠르군."

회복세를 지켜보며 최대한 후유증과 흉터를 남기지 않기 위해, 렉시온은 순차적으로 치료 마법을 시전해 왔다. 그리고 이제 드디어 마지막 치료 시기가 온 거였다.

"약간의 후유증은 어쩔 수 없다고 합니다만……. 그래도 무리하지만 않으면 일상 생활에는 지장이 없을 거라 합니다."

"후유증이라……. 제 몸 안 사리더니, 결국에는 이렇게 되는군."

칸타레스가 못마땅하게 투덜거리자 제레온이 위로하듯 말했다.

"그래도 큰 문제는 없으실 거라니 염려는 마세요. 그나저나, 슬슬 준비해야 하지 않겠습니까?"

"준비라니, 뭘?"

칸타레스가 고개를 들자 제레온이 빙그레 미소 지었다.

"라이오스 단장님께서 부탁하신 거요."

"아. 그렇지."

그제야 칸타레스의 입가에도 씨익 기분 좋은 미소가 드리웠다.

"라이오스 단장이 그리 말하지 않았어도 내 선에서 알아서 할 생각이긴 했다만. 이왕 이렇게 된 거, 제대로 하는 게 낫겠지."

"그러시다면, 좀 더 서둘러서 수습 작업을 하는 것이 좋겠습니다. 우선은 상황이 안정되고 나서야 모두들 편하게 먹고 마실 수 있을 테니까요."

승전 기념 연회.

라이오스가 부탁한 것은 바로 그거였다. 아렌트가 회복한 뒤에 승전 기념행사를 여는 것이 어떻겠느냐고.

"나라를 구한 견습 기사를 빼놓고서야, 공치사를 논할 수 없지."

칸타레스가 장난스럽게 말했다.

전쟁이 할퀴고 간 상처를 어느 정도 보듬었으니, 이제 승리한 이들을 북돋아 주고 떠나간 이들을 위로해야 할 때가 다가오고 있었다.

* * *

또 다른 날.

지루하게 시간을 죽이던 아렌트에게 아르크스가 찾아왔다.

"아렌트. 잠깐 시간 괜찮을까?"

"안 괜찮은데요."

아렌트는 읽던 책에서 눈도 떼지 않고 대답했다. 덕분에 아르크스는 운도 떼지 못하고 그대로 얼어붙어 버렸다.

그를 도와줄 수 있는 루미엘이나 라이오스는 모두 자리를 비운 참이었다. 그 탓에 가엾게도 아르크스는 아렌트의 성질머리를 혼자 고스란히 받아 내야 하는 처지가 되고 말았다.

"안 괜찮다니까요. 왜 거기 그러고 서 있어요?"

사락.

책을 넘기며 아렌트가 한번 더 툭 내뱉었다. 아르크스는 꿋꿋하게 어깨를 펴고 할 말을 이어 갔다.

"아버지께서……."

"저 아버지 없습니다만."

퉁한 대꾸에 아르크스가 말을 바꿨다.

"……에크하르트 백작님이."

그래도 답을 해 준다는건, 어느 정도 들어 줄 의사가 있다는 뜻이니……. 그 점만큼은 다행스러운 일이었다. 아르크스는 최대한 아렌트의 심기를 거스르지 않도록, 신중하게 단어를 골랐다.

"널 잠깐 만나 뵙고자 하신다만. 너만 괜찮다면."

탁.

책이 다소 거칠게 덮히는 소리에, 아르크스가 어깨를 움찔했다. 아렌트의 샛노란 눈동자가 똑바로 아르크스를 향했다.

"그 사람이 날 왜요?"

"……."

그나마 약간이라도 화제에 관심을 보인다는 점에서, 아르크스는 조금 안심했다. 적어도 대화에 임할 마음은 있다는 뜻이니까.

"다른 뜻은 없으시다. 그저 네 건강 상태가 궁금하실 뿐인 것 같으니 오해는 마라. 네가 허락한다면 황궁에 모셔서……."

"허락 안 할 건데요."

아렌트가 퉁하니 대꾸했다. 덕분에 아르크스는 다시 말문이 막히고 말았다. 그와 똑바로 시선을 맞추며, 아렌트가 붕대에 감싸인 손가락을 뽕 세워 보였다.

"첫째. 그 사람이랑 이야기하기 싫어요. 둘째, 내가 왜? 세 번째. 내가 오해 안 해도 다른 사람들은 제대로 오해할걸요."

"……."

하나하나 반박하기 힘든 말들이었다. 애초에 다른 뜻이 있다고 한들 거기에 넘어가 줄 아렌트도 아니었고.

아르크스가 입을 꾹 다물고 시선을 아래로 내리깔았다. 그를 물끄러미 바라보던 아렌트가 툭 내뱉었다.

"뭐, 그걸 다 감당할 수 있다면. 그 다음은 내 알 바 아니죠."

"뭐?"

뜻밖의 말에 아르크스가 반짝 고개를 들었다. 아렌트가 그를 멀뚱히 보며 말했다.

"난 대화할 의사는 없고. 그쪽은 그냥 확인만 하고 싶은 거라면서요?"

"그게 무슨……."

"얼마 뒤에 승전 기념 연회가 열리잖아요."

아렌트가 아르크스의 말을 뚝 끊어 버리고 덧붙였다.

"거기 와서 잠깐 구경하시는 것 정도야, 내가 말릴 권리는 없죠."

"너……."

놀란 아르크스가 입을 벙긋댔다. 대화는 나누지 않겠지만, 먼발치에서 지켜보는 것만큼은 허락하겠다는 뜻이었다.

백작에게는 아들의 부름 한 번에 황궁까지 와서 연회에 참석한다는 것 자체가 자존심을 굽히는 일일 테니까.

"……아버지께 참석하실 의사가 있으신지 여쭤보겠다."

"좋댄다."

순식간에 표정이 밝아진 그를 슬쩍 흘겨본 아렌트가 다시 책을 펼쳤다.

"난 분명히 말했어요. 대화할 의사 없다고."

"아버지께 그리 전하지."

하지만 아르크스는 그것만으로도 못내 기쁜 모양이었다. 아마 아버지의 자존심 문제까지는 채 생각지 못하고, 단지 아렌트가 접근을 허락했다는 사실에만 꽂힌 거였다.

"몸조리 잘해라."

급하게 인사를 건넨 아르크스가 자리를 벗어났다.

쿵!

문이 닫히고 혼자 남은 아렌트는 한숨을 푹 내쉬며 다시 책에 시선을 던졌다.

하지만 그런다고 해서 새삼 문장이 눈에 들어오는 건 아니었다.

'아버지라.'

문득 극장에서 끌려나가던 그의 모습이 떠올랐다. 지끈 두통이 몰려와, 그는 관자놀이를 꾹꾹 눌렀다.

'내 알 바는 아니지.'

이따금 불쑥불쑥 나타나 그를 괴롭히는 과거의 망령과도 슬슬 이별할 때가 된 것 같았다.

* * *

수습 작업에 한창이던 황궁은, 승전 기념회를 준비하느라 한층 더 떠들썩해졌다.

"이쪽은 아직 보수공사가 안 끝났습니다!"

"어쩔 수 없지. 일단은 천이랑 태피스트리로 가려 둬!"
"갈라진 곳은 석상으로 가리고. 신상은 최대한 가리거나 치우라고 전하께서 당부하시더군."
"설마, 완전히 루체 님을 배척하시겠다고?"
"거기까진 모르겠고, 아렌트 경이 또 입에 칼을 물고 표독스럽게 쏘아댈까 두렵다 말씀하시던데?"
"아."
이제 와서 아렌트의 성질을 모르는 사람은 아무도 없었다. 한순간 반감을 드러냈던 이들도 순식간에 입을 다물었다.
"참 신기한 일이야……. 회의실에서는 그렇게 서로 공격하셨다면서, 그리 사이가 좋으시다니."
"아렌트 경과 대신관님 말씀이시죠?"
"지금도 대신관님께서 아렌트 경을 간호하시느라 떨어지질 않으시니. 아렌트 경이 목숨까지 걸어 가면서 신관님들과 대신관님을 구해내셨으니 이해가 되긴 하지만."
나이 많은 시종이 손을 바쁘게 움직이면서도 그렇게 말했다. 그러자 젊은 시종이 미묘하게 말했다.
"결국 아렌트 경은 엄청 좋으신 분이라는 거네요. 본인 뜻에 관계없이, 인명을 구하는 걸 우선시하신 거니까."
"물론 그렇지. ……성격은 좀 특이하시지만."
"그렇죠, 성질은 더럽, 아니, 많이 까칠하시더라도."
그 성격은 아무리 생각해도 독보적이었다.

"그래도 우리 같은 사람들한테야 함부로 안 하시니까……. 봉변당하는 건 대부분 높으신 분들이잖습니까."

누군가의 말에 모두가 고개를 끄덕였다.

가장 어린 시종들 셋이 아렌트의 뒤를 졸졸 따라다닌다는 건 모두가 다 잘 아는 사실이었다. 아렌트도 그들을 굳이 내치지 않았고.

"회복세는 어떠시답니까?"

누군가가 궁금증을 드러내며 물었다.

"시튼이 신나서 떠들어대는데, 이제 제법 기력이 돌아오신 모양이더군. 모레 있을 연회에도 참석하신다나 봐. 어제는 대신관님과 잠깐 정원 산책도 하셨다는 것 같고."

"하긴, 어제 날씨가 오랜만에 참 좋았죠."

"전하께서 일부러 기다리셨다는 소문도 돌던걸요. 아렌트 경이 참석하실 수 있도록."

아렌트에 대한 화제는 온 황궁에 끊이지 않았다. 모두가 호의적인 것은 아니었지만, 그에 대해 함부로 말할 수 있는 사람은 아무도 없었다.

황궁의 실세인 황태자와 라이오스 단장, 대신관까지 그 뒷배에 있으니까.

"저는 그 드래곤이라는 분을 만나 뵙고 싶습니다."

"자네, 모르나? 검정 일색의 잘생긴 신사분. 종종 황궁에 돌아다니시는 그 분이 드래곤이셔."

"정말입니까?"

시종들이 단체로 눈이 휘둥그레졌다. 갑자기 시선을 한 몸에 받게 된 나이 든 시종이 급하게 뒤로 주춤 물러섰다.

"피난 갔다가 돌아온 지 얼마 되지 않아서 잘 몰랐군. 안대 쓴 그 분이 드래곤이시래."

"제국의 미래는 정말로 든든하겠습니다. 드래곤께서 함께하신다니."

누군가가 감격한 듯 말했지만, 그는 단박에 고개를 내저었다.

"그분도 아렌트 경에게 협조하시는 거라더군. 제국과는 관계없다고 전에 못을 박으셨다고 들었어."

"정말입니까……?"

"아렌트 경은 도대체 뭐 하시는 분이랍니까?"

저절로 질린 목소리가 흘러나왔다. 시종은 입을 비죽였다.

"소탈하신 듯하면서도 매사에 예민하시고."

"아랫것들에게는 함부로 하지 않으시지만, 본인 마음에 들지 않는 상대 앞에서는 그렇게 안하무인일 수가 없다고 하시니……. 정말이지 알 수 없는 분이라니까."

"그나저나……."

시종 하나가 목소리를 잔뜩 죽여 말했다.

"들으셨습니까? 에크하르트 백작님이 연회에 참석하신다고 합니다."

"……."

순간 시종들의 손이 모두 멈췄다. 나이가 가장 많은 시종이 떨떠름하게 중얼거렸다.

"이거……. 엄청난 구경거리가 생길지도 모르겠군."

* * *

또다시 시간은 흐르고, 연회 당일날.

그간 반쯤 갇혀 지내듯 한 아렌트에게는 출소일이나 다름 없었다.

"진짜 지긋지긋한 인간들."

아주 오랜만에 제복을 갖춰 입으며 아렌트가 투덜거렸다. 조금이라도 밖에 나가려고 하면 온갖 사람들이 눈에 불을 켜고 달려드니, 지금껏 루미엘과 가끔 산책하는 것 이외에는 외출조차도 하지 못한 그였다.

'오랜만에 몸이나 풀어야지.'

연회에서도 굳이 오래 있을 필요는 없으니, 대충 얼굴 도장만 찍고 생활관으로 돌아갈 생각이었다.

'어차피 라이오스 단장이 관심을 끌어줄 테고.'

대신관과의 소동 때문에 물론 이목이야 좀 모이겠지만, 은근슬쩍 라이오스에게 미뤄 놓고 자신은 도망쳐 버리면 문제 없을 터였다.

에크하르트 백작이 온다고 하지만, 대충 얼굴만 보여

준 다음에는 욕을 처먹든 말든 자신이 알 바는 아니었고.
 ……그게 얼마나 안일한 생각인지, 아렌트는 미처 자각하지 못하고 있었다.
 막 외투를 팔에 끼워 넣으려 할 때.
 누군가가 조심스럽게 문을 두드리는 소리가 들려왔다.
 "들어와."
 "아렌트 경, 잠깐 실례해도 괜찮을까요?"
 고개를 빼꼼 내민 사람은 시튼이었다. 아렌트는 대답 대신 건성으로 눈짓해 주었다. 그러라는 뜻이었다.
 "그럼 잠깐 실례하겠습니다!"
 그리고, 문이 벌컥 열렸다.
 "……뭐야?"
 순간 아렌트는 당황하고 말았다.
 우르르.
 시튼 뒤로 한 무리의 시종들이 한꺼번에 방 안에 쏟아져 들어온 탓이었다. 에녹은 화려하기 짝이 없는 예복을 조심스럽게 들고 있었고, 로지는 다른 시종들과 함께 온갖 장신구가 든 보석함을 들고 허리를 꼿꼿이 편 채 서 있었다.
 로지가 똘똘하게 말했다.
 "라이오스 단장님과 황태자 전하의 전언입니다! 오늘의 주역인 아렌트 경이 치장하는 것을 도와주라고 명하셨습니다!"

한동안 멍청히 있던 아렌트가 제 귀를 의심하며 물었다.
"……뭐? 뭔 역? 주역?"
"잠시 실례하겠습니다!"
하지만 미처 아렌트가 정신을 차리기도 전, 어린 시종들이 우르르 다가왔다. 에녹이 견습 기사 제복과는 비교도 안 될 정도로 화려한 예복을 눈앞에 펼쳐 보여 주었다.
"라이오스 단장께서 특별히 의상실에 주문해서 준비하신 겁니다! 이번 전투에서 세우신 공로를 치하하는 의미라고 하셨습니다!"
"뭐?"
"그리고 이쪽 보석은 황태자 전하께서 손수 고르신 것들인데, 아렌트 경께 어울리는 것으로 저희들이 골라드리겠습니다!"
이번에는 시튼이 씩씩하게 말했다.
"아렌트 경, 이쪽으로 앉으세요! 머리를 손질해 드리겠습니다!"
"아니, 야, 잠깐만!"
드물게도 아렌트가 당황해 손사래를 쳤지만, 어린 시종들은 꺄르르 웃으며 더욱 그에게 엉겨붙을 뿐이었다.
그렇다고 평소처럼 싸가지없이 굴기에는 상대가 지나치게 어린애들이었다.
눈 깜짝할 새 옷이 갈아입혀지고, 질끈 묶었던 머리가 풀렸다.

로지를 필두로 한 여자아이들의 빗질을 받던 아렌트가 드디어 깨달았다.

이건 수컷 공작새 꼴을 여러 번 당한 라이오스의 복수라는 것을.

꼬맹이들을 보낸 것도 도망치지 못하게 하려는 칸타레스와 라이오스의 계략이 틀림없었다.

"하아……."

아렌트가 한숨을 푹 쉬며 이마를 짚었다. 그러거나 말거나, 아이들은 잔뜩 들뜬 채 재잘대며 아렌트를 열심히 치장해 주기 시작했다.

어린애들에게 완벽히 포위당한 아렌트는 결국 모든 것을 포기할 수밖에 없었다.

3장. 연극은 즐거웠나?

연극은 즐거웠나?

 오랫동안 침전되어 있던 황궁에 아주 오래간만의 활기가 돌았다. 피해자들을 기리는 마음에서 지나친 사치는 지양했지만 그래도 칸타레스는 현 사정에서 할 수 있는 최대한으로 호화로운 연회를 준비하라 명했다.
 노이만 상단과 이스트 상단에서 물자를 수급하고 황궁의 모두가 최선을 다해 연회를 준비했다.
 그 결과, 전쟁 이전과 비교해도 손색없을 정도의 승전 기념 연회가 개최되었다.
 "연회에 참석한 면면들도 굉장히 화려하군."
 일찍부터 자리를 지키던 란슬롯 공작이 감탄사를 터뜨렸다. 그의 곁에 선 헨리 역시 고개를 끄덕였다.
 "아버지 말씀대로입니다. 눈이 부실 지경인걸요."

각국 연합군의 지휘관 왕족들과 엘프 전사들의 지휘관 네 명부터 르웰린 왕자를 비롯한 1, 2기사단의 기사들, 그리고 이번 전쟁에서 단연코 큰 공을 세웠다 말할 수 있는 3기사단까지.

헨리가 목소리를 죽여 물었다.

"렉시온 님은 안 오신답니까?"

"전하께서 권하셨는데, 단칼에 거절하셨다 들었다. 구경거리가 되고 싶지는 않으시다면서."

란슬롯 공작 역시 작은 소리로 답을 내어 주었다.

어쩌면 다행인 일일지도 몰랐다. 모두를 공포에 떨게 했던 드래곤이 갑자기 나타난다면 연회장이 패닉에 빠질지도 모르니까.

"폐하께서도 불참하신다더군. 아직 피난처에서 돌아오시지 않으신 모양이야."

란슬롯 공작의 말에 아르크스가 조용히 대답했다.

"이번 기회에 완전히 황태자 전하께 힘을 실어 주시려는 듯합니다."

모든 수습을 황태자에게 일임하고서 뒷선에 물러나 있는 모습이 시사하는 바는 딱 하나였다. 슬슬 계승을 준비하려는 것이다.

란슬롯 공작이 농담처럼 덧붙였다.

"전하께서는 어떻게든 외면하고 싶으신 것 같지만 말일세."

"아무래도 쉽게 말씀하실 일은 아니니까요."

헨리가 쓴웃음을 지었다.

애초에 테오도르 전 대신관이 물러나기 이전부터 황제는 황태자에게 자신의 전권을 거의 다 넘기다시피 한 상태였으니까.

아직 주인공인 황태자와 라이오스 단장이 나타나지 않았지만, 그럼에도 자리는 점점 더 무르익어 갔다.

피난에 나섰다가 돌아온 이들과 남아서 살아남은 이들, 그리고 황궁의 상황을 알아보러 온 이들이 뒤섞여 서로 바쁘게 안부를 물어보았다.

"남쪽 영지는 악신교 놈들에게 완전히 초토화가 되었다던데."

"피해 규모가 큰 지역에는 황궁에서 구호물자를 보낸다고 들었네."

개중에는 전쟁 후 수습 현황에 관심을 보이는 이들도 있었고.

"조금 도움을 주실 수는 없으시겠습니까?"

"사정은 딱하지만…… 이쪽도 사정이 좀 그래서."

피해를 복구하기 위해 염치 불고하고 부탁을 주고받는 이들도 있었다. 그중에서도 가장 인기가 많은 사람들은 직접 전쟁에 참전했던 기사들과 지휘관들이었다.

"활약이 엄청나셨다고 들었습니다, 르웰린 왕자님."

"아닙니다. 제가 뭘 했다고요."

깍듯이 인사를 건네 오는 이에게 르웰린이 사람 좋은 미소를 지어 주었다.

"라이오스 단장께서 훌륭하게 이끌어 주신 덕분입니다. 칼리온 제국과 함께 싸울 수 있어서 영광이었습니다."

"곁에 계신 분은 엘프 4왕국의 세일럼 님이시군요. 정령사 님이라 들었습니다."

"네, 네! 만나 뵈어서 반갑습니다!"

르웰린의 옆에 꼭 붙어 있던 세일럼이 화들짝 놀라 고개를 끄덕였다. 잔뜩 긴장한 티가 역력했지만, 어떻게든 어깨를 펴려고 애쓰는 모습이었다.

하지만 그런 와중에도 사람들의 호기심이 쏠린 곳은 따로 있었다.

"그나저나 아렌트 경께서는 안 나오셨습니까?"

누군가가 아서에게 조심스럽게 물었다. 아서는 어색하게 웃으며 답을 내어 주었다.

"시종들이 데리러 갔다고 들었습니다만……. 아무래도 준비가 다소 늦어지는 것 같습니다."

그렇지 않아도 3기사단 역시 슬슬 염려하고 있던 차였다. 얼굴에 반창고를 붙인 라이더가 리히트에게 소리 죽여 물었다.

"왜 이렇게 오래 걸린답니까? 어디서 사고라도 치는 거 아닙니까?"

"으음……."

리히트가 침음을 흘렸다. 충분히 가능성 있는 이야기였다. 더군다나 오늘 자리에는 아렌트에게 호의적인 이들만 있는 것이 아니니까.

지금도 루체 신의 열렬한 신도들은 아렌트가 나타나기만을 벼르고 있었다.

"누구 하나 봉변당하고 있는 게 아니라면 좋을 텐데."

대신관과 다른 신관들은 참석하지 않겠다는 의사를 밝혔으니, 당장 따져 물을 사람은 아렌트밖에 남지 않은 탓이었다.

"……아렌트 녀석의 심기도 별로 좋지 않을 것 같으니까."

리히트의 시선이 조용히 한곳으로 옮겨졌다. 기사들 역시 그를 따라 꺼림칙한 눈빛을 보냈다.

거기에는 조용히 샴페인을 홀짝이는 에크하르트 백작이 있었다.

꼭 에크하르트 백작 주변에만 찬바람이 부는 것 같았다.

"이거, 에크하르트 백작님 아니십니까. 오랜만에 뵙습니다."

"오랜만에 뵙습니다."

화두에 오르내리는 견습 기사의 부친이니, 용감하게 다가가서 말을 거는 이들도 있었다.

하지만 백작은 아렌트에 대한 질문은 그저 차갑게 자신

역시 모른다며 응대하고 있을 뿐이었다.

글렌이 꺼림칙하게 중얼거렸다.

"아렌트가 백작님을 불렀다고 했던가?"

"정확히는 어디 한번 올 테면 와 봐라, 는 식이었던 것 같습니다만……."

아서 역시 속삭이며 대답해 주었다.

순진한 아르크스라면 그 말을 곧이곧대로 받아들였겠으나, 백작은 숨은 뜻을 충분히 간파하고도 남았을 터였다.

"그래도 직접 참석하시다니, 굉장하시네요……."

라이더가 애매한 감탄사를 터뜨렸다.

실제로 백작에게도 곱지 못한 시선이 제법 모여들고 있었으나, 그는 눈 하나 깜빡하지 않았다.

"어쩌면 저 독기야말로 아렌트가 백작님으로부터 물려받은 게 아닐까요?"

글렌의 말에 아서가 타박을 주었다.

"그 말 아렌트 앞에서 한번 해 보십쇼. 곱게는 안 끝날 걸요?"

그러자 글렌이 단박에 입을 다물었다.

모두가 저마다의 화제에 집중하던 그때.

"황태자 전하께서 드십니다!"

홀 입구에서 우렁찬 목소리가 들려왔다. 일제히 대화를 멈춘 이들의 시선이 모두 문 쪽으로 쏠렸다.

입구가 활짝 열리고, 칸타레스를 필두로 한 세 사람이 모습을 드러냈다.

화려한 예복 차림의 칸타레스와 라이오스, 그리고…….

가장 뒤에 따라오는 청년을 발견한 사람들은 모두 한순간 할 말을 잃어버리고 말았다.

"……."

안 그래도 눈에 띄는 외모를 가진 아렌트는, 앞의 두 사람에 비해도 손색없을 정도로 화려하게 치장하고 있었다.

곱게 빗질되어 어깨 아래까지 흘러내린 새하얀 머리칼에, 색소가 옅은 그를 더욱 돋보이게 하는 옅은 색의 예복.

그리고 온갖 화려한 보석 장신구들까지.

"……환장하겠네."

아서의 입에서 감탄인지 뭔지 모를 한 마디가 흘러나왔다. 같은 광경을 본 다른 이들 역시 비슷한 심정이었다.

물론 본인의 심기가 굉장히 불편해 보인다는 건 당연한 일이었다.

반대로 그의 앞에서 걷는 라이오스는 복수에 성공한 탓인지 제법 뿌듯해 보였다.

"와아……. 와……."

"라이오스 단장이 이를 갈았나 본데."

세일럼이 넋을 놓고 감탄사를 연발하자, 르웰린이 실소를 터뜨렸다. 매번 라이오스를 수컷 공작새라 놀려대던 아렌트는 고스란히 그 업보를 치르고 있었다.

뚱한 표정을 하고 있어도 어쩔 수 없었다.

아렌트는 온몸으로 '이 전쟁의 1등 공신이 이 자신이다!'라고 말하며 시선을 한데 모으고 있었다.

"황태자 전하를 뵙습니다!"

순식간에 장내가 다시 소란스러워졌다. 새로이 등장한 세 사람은 눈 깜짝할 새에 인파에 둘러쌓였다.

"이리 뵙게 되어 정말로 영광입니다."

"아렌트 경 되십니까? 저는 이런 사람입니다만……."

물론 두 사람과 함께 화려하게 등장한 아렌트 역시 예외는 아니었다.

그 모습을 보며 기사단과 르웰린은 피식피식 웃음을 터뜨릴 수밖에 없었다.

* * *

온갖 성질을 부려도 물러서지 않던 사람들은, 아렌트가 일부러 아픈 척 연기를 하고 나서야 급하게 도망치듯 자리를 벗어났다.

진이 쏙 빠진 아렌트는 한쪽 구석에 놓인 의자에 털썩 주저앉아 버렸다.

"내가 언젠간 복수할 겁니다, 진짜……."

이를 북북 갈며, 아렌트는 아서가 가져다준 술을 입에

털어 넣었다. 아서가 그의 어깨를 툭툭 두드려 주었다.
"고생이 많다, 야. 영웅에 이어 루미엘 대신관님까지 목숨 걸어 구해 낸 살신성인의 화신이라고 소문이 쫙 돌았던데."
물론 그 입에서 흘러나온 말은 밉살맞기 그지없는 놀림이었지만.
"황태자 전하께서 얼마 전 회의 때 직접 말씀하셨다더라. 이야, 앞으로 출셋길은 창창대로겠네."
아렌트가 눈을 치떴다.
"선배도 당하고 싶어요?"
"나는 일개 기사단원일 뿐이라~. 미안하게 됐네. 수컷 공작새 꼴은 별로 주제에 맞지 않는 몸이거든."
하지만 이미 익숙해진 아서는 빙글빙글 웃으며 놀려대느라 정신이 없었다. 짧게 한숨을 내쉰 아렌트는 곧장 응징을 가했다.
콱.
"……!"
느닷없이 발이 밟힌 아서가 비명을 삼키며 주저앉았다. 그러거나 말거나, 아렌트는 아서가 가져다준 샴페인 잔을 마저 홀짝일 뿐이었다.
한바탕 소란이 가라앉고 연회장도 안정을 되찾았다. 라이오스가 사람들에게 주의를 준 탓인지, 아렌트에게 필요 이상으로 접근하려는 사람들 역시 거의 보이지 않았다.

"휴……."

아렌트는 흘러내린 머리칼을 쓸어올리며 한숨을 푹 내쉬었다.

'이럴 생각은 없었는데.'

라이오스를 이용해 먹은 것과 똑같이 당해 버렸다.

오늘 이후로, 자신을 싸가지 없는 한낱 견습 기사로 대하는 사람은 아무도 없을 것이다.

루체 신의 대적자에, 영웅과 대신관의 은인 정도로 인식이 박혀 버렸을 테니까.

분명 라이오스와 칸타레스의 의도 역시 그것이었을 터였다.

'약았어.'

칸타레스는 아렌트가 자신에게 영웅급의 대우를 받고 있다는 걸 확실하게 각인시켰다.

별로 마음에 드는 일은 아니었다.

라이오스와 칸타레스는 아렌트의 사회적 위치를 단번에 상승시켜 버린 것이다.

'아무도 날 함부로 대하지 못하도록.'

무려 라이오스와 칸타레스의 보증이었다.

앞으로 아렌트가 루체 신에 대해 적대적인 행보를 이어간다더라도 함부로 막을 수 있는 사람은 없을 것이다.

실제로 지금도 당장 아렌트에게 따지고 싶어 할 루체교 인사들이 한둘이 아닐 게 틀림없지만, 그들 중 단 한 사람도 함부로 나서지 못하고 있었다.

'내가 깨어나기 전부터 꾸몄던 거겠지.'

한숨을 푹푹 내쉬던 그때.

시야 한구석에 익숙한 모습이 비쳤다. 멈칫한 아렌트는 잔을 내려놓고 그쪽을 바라보았다.

"……."

"뭐야, 왜 그래?"

낑낑대던 아서도 고개를 들고 그가 바라보는 곳을 확인했다. 그러고는 방금 아렌트가 그랬던 것처럼 움찔할 수밖에 없었다.

거기에 에크하르트 백작이 있었다.

"……."

사람들과 동떨어진 곳에 홀로 선 에크하르트 백작은, 조용히 자신의 차남을 응시하고 있었다. 아서는 저도 모르게 아렌트의 눈치를 살폈다.

아렌트는 무표정한 낯으로 에크하르트 백작을 마주 보았다.

얼마 동안 그러고 있었을까.

먼저 눈을 돌린 쪽은 에크하르트 백작이었다. 몸을 빙글 돌려 홀 밖을 향해 걸음을 옮기기 시작한 거였다.

"아버지!"

아르크스가 급하게 그를 부르며 뒤를 쫓는 것이 보였다.

"어? 어?"

당황한 아서는 백작과 아렌트를 번갈아 보았다. 하지만 아렌트 역시 아무렇지도 않은 얼굴로 백작에게서 시선을 뗀 채였다.

"상태만 확인하겠다더니, 거짓말은 아니었네요."

"뭐?"

"혼잣말입니다."

아서의 당황스러운 물음에 아렌트가 어깨를 으쓱여 주었다.

백작을 용서해 줄 사람은 이미 사라졌다.

지금의 아렌트에게도 그를 용서할 자격 따위는 없었다. 상처받았던 것은 자신이 아니라 진짜 아렌트 폰 에크하르트니까.

그러니…….

'이 정도로 충분해.'

저쪽과의 관계는 이 정도로 선을 그어 두는 편이 좋을 것이다.

아렌트는 남은 술을 모조리 다 입에 털어 넣는 것으로 간단히 상념을 떨쳐내 버렸다.

* * *

시종들에게 험한 꼴을 당한 아렌트는 진이 빠져 잠시

얌전히 뒤로 빠져 있었다.

그러나 사람들은 아렌트를 가만히 내버려두지 않았다.

"아렌트 경, 잠깐 이야기 괜찮겠나?"

"큰 부상을 입었다 들었네. 몸은 좀 어떠하지?"

진심으로 염려하며 다가오는 이들 틈에는 늘 불순분자가 섞여 있기 마련이었다.

그리고 슬슬 기력을 회복한 아렌트는 걸어오는 시비를 결코 피하지 않았다.

"무슨 이런 자가……!"

그 결과 무슨 수를 써서든 신성모독죄를 걸고넘어지려던 루체 교 신자 세 명이 뒷목을 잡고 거품을 물었고, 어떻게든 아렌트에게 잘 보이려 아부를 떨던 두 명의 귀족이 얼굴이 시뻘게진 채 퇴장했다.

"듣자 하니 너무 건방지군! 언제까지 그 명예가 계속될 줄 아는가!"

그리고 마침내 세 명째 귀족이 침을 튀기며 발광하기 시작했다.

하지만 아렌트는 표정 하나 변하지 않고 시큰둥하게 대꾸할 뿐이었다.

"아마 그쪽이 생각하시는 것보다는 오래 갈 것 같은데요. 제가 좀 잘나서."

"자네, 조심하게. 내가 앞으로 지켜볼 테니."

"많이 보세요. 이렇게 잘생긴 사람 흔치 않은 거, 저도 잘 압니다."

"뭐라고?"

황당하게 되묻는 후작에게 아렌트가 시큰둥이 대꾸했다.

"진지하게 드리는 조언입니다만, 후작님은 좀 가꾸시는 편이 좋겠습니다. 굳이 지켜보고 싶은 마음도 들지 않으니."

"……!"

후작은 뭐라 형언할 수 없는 욕들을 쏟아 내며 길길이 날뛰기 시작했다. 그를 구경하는 아렌트는 꽤 즐거워 보였다.

갑자기 생기가 도는 것이 마치 좋은 장난감이라도 찾은 듯한 눈빛이었다.

상황을 지켜보던 자카르가 꺼림칙하게 중얼거렸다.

"……슬슬 말려야 하지 않습니까?"

"단장님이 가만히 계시니 괜찮지 않을까 합니다."

리히트가 애매하게 대답했다.

아까부터 라이오스는 속이 쓰려 죽겠다는 얼굴이었지만 애써 현장에서 시선을 피하고 있었다.

그리고 칸타레스는 재미있어 죽겠다는 표정으로 현장을 구경하고 있었다. 아무래도 평소에 쌓아 왔던 귀족들에 대한 스트레스를 아렌트를 통해서 발산하고 있는 모양이었다.

"아무래도 두 분 다 아렌트에게 힘을 실어 주기로 단단히 작정하신 듯합니다."

리히트가 덧붙인 말에 자카르가 더더욱 질렸다는 표정을 지었다.

"그렇다면 차라리 정식 서임을 내려 주시는 편이 낫지 않습니까? 아렌트 경은 아직 견습이라 들었습니다만."

"전쟁이 어느 정도 수습되고 난 뒤에 그리하실 거라 전해 들었습니다. 아직 아렌트 본인은 모르는 일이지만요. 정식 서임은 본인도 별로 안 내켜 하는 데다……."

거기까지 말한 리히트가 살짝 목소리를 죽였다.

"실컷 설치게 내버려두기에는 견습이라는 위치가 적당하니까 말입니다."

"결국 아렌트 경의 의사조차도 상관없다는 뜻입니까."

가만히 듣던 자카르가 떨떠름하게 대답했다.

"의도는 잘 알겠습니다만, 방식이 다소……. 뭐랄까. 특이하군요."

잔뜩 약이 오른 아렌트를 사람들 안에 떠밀어 넣다니. 이건 불특정 다수를 향한 무차별 공격이나 다름없었다.

"애써 좋은 말로 해주셔서 감사합니다만, 그냥 비상식적이라고 말씀하셔도 괜찮습니다."

리히트가 담담하게 말했다. 아주 익숙하다는 태도에 자카르가 심란하게 입을 다물었다.

'어째 제국의 미래가…….'

연극은 즐거웠나? 〈143〉

상당히 어두워 보이는데.

하지만 차마 그런 말을 입 밖으로 낼 수는 없으니, 자카르는 괜히 술만 들이켰다.

　　　　　　　＊　＊　＊

연회는 그날 밤 늦게까지 이어졌다. 라이오스와 칸타레스가 기대했던 것보다 딱 2배 더 연회장을 뒤집어 놓은 아렌트는, 일찌감치 퇴장해 자신의 방으로 돌아왔다.

털썩.

옷도 갈아입지 않고 침대에 드러누운 아렌트는 길게 한숨을 뿜어냈다.

"후우……."

어쩐지 앞으로의 시나리오를 축약판으로 본 것 같은 기분이었다.

어떻게든 잘 보이려는 이들과 끊임없이 시비를 거는 루체 교의 신자들.

'대신관님의 뜻이 흔들릴까 봐 걱정하는 거겠지.'

저들은 아렌트에게 은혜를 입은 대신관이 루체 교를 저버릴까 봐 불안한 것이다.

그 점은 아렌트도 찜찜했다. 신관들이 대거 신성력을 잃어버린 사태 속에서도, 루미엘은 홀로 신성력을 지켜냈다.

그 말인즉슨, 아직 루미엘의 신앙심은 흔들리지 않았다는 뜻이었다.

'대립해야 한다면…….'

얼마든지 그럴 것이다.

그녀를 구해 낸 것은 오롯이 자신의 의지였으니, 루미엘에게 책임을 물을 생각이라곤 조금도 없었다.

잠깐 숨을 고르고 있자니. 똑똑.

정중한 노크가 들려왔다.

"아렌트 경. 계십니까?"

루미엘이었다. 아렌트는 당장 벌떡 몸을 일으켰다.

"들어오세요."

달칵. 문이 열리고 루미엘이 안으로 들어왔다. 인사를 건네려던 루미엘은 아렌트의 몰골을 보고는 순간 멈칫했다.

"……멋지게 꾸미셨군요, 아렌트 경."

"제 자의는 아닙니다."

아렌트는 길게 흘러내린 머리칼을 만지작대며 투덜댔다. 짧게 웃음을 터뜨린 루미엘은 문을 닫고 방 안으로 들어왔다. 그러고는 품에 안고 있던 두꺼운 책 한 권을 그에게 내밀었다.

아렌트는 단박에 그게 무엇인지 알아보았다.

"이거……."

"렉시온 님이 찾던 책입니다. 대신전을 수색하던 병사들이 오늘 저녁에 찾아냈다고 해서, 직접 가서 받아 왔답니다."

불타는 대신전에 한가운데에 있었으면서도 책은 말끔한 모습을 유지하고 있었다. 새삼 드래곤의 마법이 얼마나 강력한지 알 수 있는 부분이었다.

"렉시온 님께 돌려드려야 할 텐데……."

말끝을 흐리던 루미엘이 어색하게 물었다.

"암호는……. 진심이십니까? 이제 그냥 돌려 드려도 괜찮지 않을까요?"

"진심인데요. 이것 때문에 얼마나 개고생을 했는데, 편하게 돌려줄 수는 없죠."

아렌트가 씨익 장난스럽게 웃었다.

창밖에서 비쳐든 달빛이 그의 얼굴에 깃들었다. 잠시 새삼스레 아렌트의 얼굴을 가만히 들여다보던 루미엘이 마주 웃었다.

"한결 편안해 보이시네요, 아렌트 경."

"네?"

"많이 걱정했습니다. 노인네가 괜히 입을 놀려서, 아렌트 경께 짐을 지워 드린 것이 아닌지."

과거에 대한 이야기였다.

"그냥 끝까지 모르는 척하는 편이 좋았을지도 모른다는 생각이, 이제서야 들더군요. 죄송합니다."

"얼마 전까진 그랬을지도 모르죠. 하지만……."

아렌트는 짐짓 태연하게 어깨를 으쓱였다.

"이제 와서 별로 상관없는 일이란 생각이 들어서. 앞으로 할 일도 많고요."

"그렇습니까."

루미엘이 쓴 미소를 지었다.

"그렇다면 저도 더 화두에 올리지는 않겠습니다. 말씀대로, 이제 와서 달라질 것은 없으니까요."

지금 당장 연기를 그만둘 생각은 전혀 없었다. 자신이 아렌트인 이상, 이 배역에 끝까지 책임을 다할 생각이었다.

언젠가 이 이름이 의미를 다하는 날이 되면, 또 어떻게 될지 알 수 없지만.

"아렌트 경?"

갑자기 아렌트가 침묵하자, 루미엘이 의아한 목소리를 냈다.

"아니에요, 아무것도."

아렌트는 가볍게 고개를 내저었다. 그러고는 허공을 향해 툭 내뱉었다.

"렉시온 님, 다 듣고 있는 거 아니까 나오시죠. 엿듣는 게 취미십니까?"

"네?"

루미엘이 놀라 멈칫한 순간. 그녀 바로 옆에서 환한 빛이 터져 나와 방을 가득 채웠다.

"엿듣는 게 아니라, 너희들이 다 들리게 이야기하는 거다."

연극은 즐거웠나? 〈147〉

퉁명스러운 목소리 역시 함께였다. 아렌트가 쯧 혀를 찼다.

"다 들었습니까?"

"본의 아니게."

렉시온이 씨익 웃었다.

"네놈에게 가졌던 개인적인 의문이 조금 풀렸군."

"아……!"

그제야 문제를 깨달은 루미엘이 저도 모르게 제 입을 막았다. 하지만 아렌트는 태연하게 어깨를 으쓱일 뿐이었다.

"하여튼, 음험한 드래곤 같으니."

"음험한 건 나보다 네 쪽인 것 같은데. 아무렇지도 않은 척 천연덕스럽게 사람들 사이에 녹아들다니."

렉시온이 피식 웃음을 터뜨렸다.

"독한 새끼."

파충류의 것을 닮은 눈동자에 질렸다는 기색이 노골적으로 깃들었다.

"어쩐지, 그분들이 눈여겨본 이유가 따로 있었군. 지금껏 돌지 않은 게 신기할 정도야."

"제가 좀 잘났습니다."

뻔뻔한 대꾸에 렉시온이 어처구니없이 헛웃음을 터뜨렸다.

"아무래도 다른 녀석들에게 말할 생각은 없나 보지."

"그 사람들이랑은 별로 상관없는 일이니까요."

화려한 꼴의 견습 기사가 어깨를 으쓱였다. 그러자 렉시온 역시 쯧 혀를 차고는 순순히 화제를 돌렸다.

"그 책이나 내놔라. 오늘 밤 떠날 테니까."

"흠."

아렌트의 입에서 애매한 소리가 흘러나왔다.

"원하신다면 가져가세요. 암호가 있다는 건 잊지 않으셨겠죠."

"빨리 말해. 너랑 귀찮게 말장난할 생각 없다."

렉시온이 손을 내밀었다. 아렌트는 루미엘에게 건네받은 책을 만지작대며 짐짓 고민에 빠진 듯 고개를 기울였다.

"암호가 뭐냐면요."

"무슨 염병을 떨려고 그렇게 뜸을 들이는……."

미처 그가 말을 끝내기도 전, 아렌트가 먼저 선수를 쳤다.

"나는 아렌트 폰 에크하르트의 충직한 종복이 되겠다 맹세한다."

"……."

싸아아.

순간 방 안의 공기가 차가워졌다. 루미엘은 못 볼 꼴을 봤다는 듯 눈을 가리고 시선을 피하고 있었다. 그대로 얼어붙은 렉시온 한참 동안 멍청히 서 있다 되물었다.

"……뭐라고?"

"암호 물어보셨잖습니까. 이거라고요. 나는 아렌트 폰 에크하르트의 충직한 종복이 되겠다 맹세한다."

렉시온의 얼굴이 지금까지와는 비교할 수 없을 정도의 황당함에 물들었다. 그 반응이 제법 마음에 들었는지, 아렌트가 씨익 미소 지었다.

"왜요? 알려 드렸잖습니까. 가져가세요."

"……너 진짜 뒈지고 싶지."

"할 수 있으면 해 보시던가요."

렉시온이 으르렁대는 소리에도 아렌트는 밉살맞게 대꾸할 뿐이었다. 자신과는 이 일이 상관없다 주장하고 싶은 듯, 루미엘은 애써 렉시온의 눈길을 피하고 있었다.

"이봐, 대신관."

"……그때 당시에는 일이 이렇게 될 줄은 몰랐습니다."

루미엘이 변명처럼 대답했다. 설마 렉시온 앞에서 아렌트가 정말 이런 말을 지껄일 거라고는 상상도 못 한 그녀였다.

하지만 아렌트는 역시 아렌트였다.

"뭐 해요? 암호 알려드렸잖아요. 부상자를 상대로 힘을 쓰는 멋없는 짓은 당연히 안 하시겠죠."

"……하, 하하."

어처구니가 없어진 렉시온이 헛웃음을 터뜨렸다.

물론 힘으로 뺏는다면 지금 당장도 가능했다. 그러나

아렌트가 이렇게 지껄이는 진정한 이유가 뭔지 깨달은 탓에…….

"못 하시겠다면야. 제가 죽고 난 다음에 받아 가시는 것도 한 방법입니다. 그때까지는 좀 걸릴 텐데, 기다리셔야겠네요."

함부로 움직일 수도 없었다.

"어떻게든 나와 제국의 연결고리를 만들겠다는 속셈인가?"

"제국이야 제 알 바 아닙니다. 하지만 단지 편리한 이동 수단에 치료 능력까지 있는 파충류를 쉽게 놓아주고 싶지는 않아서요."

아렌트가 장난스럽게 씨익 웃었다.

"어차피 렉시온 님도 본거지가 있는 편이 낫잖습니까. 앞으로도 제국에 머물겠다고 약속하면, 암호 없이 건네 드릴게요."

결국에는 또 거래를 제안하는 거였다. 렉시온이 허탈하게 읊조렸다.

"진짜 엄청나게 뻔뻔하군."

"싫으면 마세요. 암호는 이미 알려드렸습니다. 말하고 받아 가시던가요."

얄밉게 책을 눈앞에서 살랑살랑 흔들어 보이는 아렌트를, 렉시온은 심란한 눈으로 가만히 바라보았다.

'본거지라.'

레어 따위를 말하는 게 아니었다. 구성원으로서 소속될 수 있는 사회를 말하는 거지. 그리고 지금, 드래곤도 함부로 대하는 정신 나간 기사들이 가득한 이 제국이라면 활동 기반으로 삼기에도 무리 없었다.

드래곤인 자신을 두려워하지 않는 자들이 있으니까.

'저놈은 내가 뭘 원하는지 정확히 간파한 거군.'

아렌트는 단지 명분을 만들어 주었을 뿐이었다.

'인간들을 옥죄고 있던 신성 제국이라는 호칭 역시 무의미해질 테고.'

즉, 자신이 앞으로 머문다고 하더라도 문제 될 점은 없을 거란 뜻이었다.

그를 물끄러미 바라보던 아렌트가 은근히 물었다.

"신에게서 자유로워진 세상을 향한 첫걸음이, 이제부터 시작될 예정인데."

"……."

"가까이에서 보고 싶지 않으십니까?"

이렇게까지 말한다면, 렉시온이 더 거절할 방도는 없었다. 잠시 관자놀이를 꾹꾹 누르던 렉시온이 입을 열었다.

"약아 빠진 놈."

사실상 항복 선언이었다.

"이제 아셨다니, 둔해 빠졌네요."

아렌트가 씨익 웃으며 그에게 책을 건네주었다. 그를 곱지 않은 눈으로 흘겨보며, 렉시온은 다소 거친 손으로 책을 넘겨받았다.

 아렌트와 렉시온 간의 두 번째 거래가 성립되는 순간이었다.

* * *

 본격적으로 전쟁 후 논의가 시작된 것은 모든 것의 중심에 있는 아렌트가 병상을 털고 일어난 뒤부터였다.

 아렌트가 이곳저곳을 쏘다니며 여론을 들쑤셔 대기 시작한 뒤, 칼리온 제국 황실이 본격적으로 도화선에 불을 붙이는 발표를 내어놓았다.

 루체 신의 부덕함이 밝혀진 까닭으로, 루체 교단의 국교 자격을 박탈한다.

 당연히 제국에는 한바탕 소동이 일었다.

 칸타레스는 거기에 덧붙여 대신전을 복구하는 대신, 그곳에 새로운 복지 시설을 건축하겠다는 뜻까지 밝혔다.

 그 탓에 귀족들과 신관들은 아우성을 칠 수밖에 없었다.

 하루가 멀게 칸타레스와 라이오스, 그리고 루미엘에게 서신이 쏟아졌다. 심지어 아렌트에게는 협박장이 여럿 도착하기도 했다.

 "……그건 왜 모아 놓냐?"

 도착한 협박장을 차곡차곡 수집하는 아렌트에게 아서

가 물었다. 아렌트는 천연덕스럽게 대답했다.

"대부분 익명이라, 발신자가 누군지 알아내려고요. 노이만 상단주님이 도와주신대요. 필적이라는 게 정직하거든요."

"너, 아주 개박살 낼 생각이구나."

곁에서 지켜보던 르웰린이 어색하게 웃었다. 아렌트는 여러 말 대신 씨익 웃어 보이는 것으로 답을 대신해 주었다.

그 미소에 지켜보던 아서와 르웰린이 몸서리를 쳤다는 것은 더 말할 것도 없었다.

황궁에서도 찬성파와 반대파가 나뉘어 극렬한 대립을 이어갔다.

"대신전을 복구하지 않겠다니요! 이건 칼리온 제국의 근간을 뒤흔드는 일입니다!"

"초대 황제 폐하께서도 루체 님을 경계하셨다는 정황이 드러나지 않겠습니까? 오히려 근간을 되찾는 일이라 할 수 있을 겁니다!"

"당장 타도하지 않는 것이 전하께서 최소한의 선의를 베풀어 주신 것임을, 어찌 모르십니까!"

심지어는 지원군으로 왔던 엘프들과 각국의 정상들마저 이 논쟁에 참전했다. 설전은 하루하루 더 격해져만 갔다.

그러던 와중 언쟁에 한층 더 기름을 붓는 사건이 벌어

졌다.

루미엘 대신관이 직접 성명을 발표한 거였다.

"황실의 결정을 겸허히 받아들이겠습니다. 신관들에게 전합니다. 지금 떠난다더라도 책임을 묻지 않겠습니다. 루체 님의 이름으로 속죄와 봉사를 이어 갈 뜻이 있는 사람만 남으십시오. 저는 앞으로 루체 님의 종복으로서 사죄하는 길을 걸을 예정입니다."

그녀의 성명에 속죄라는 단어가 사용되었다는 것은 결국 루체 신의 부덕함을 인정하겠다는 뜻이었다. 루미엘은 부모의 죄를 대신 속죄하는 자식이 되어, 자신이 직접 봉사하며 루체 신이 지은 죄에 책임을 지겠다 선언한 것이다.

그 발표에 논쟁은 한층 더 달아올랐다.

"사실상 루체 님 때문에 이번 전쟁이 벌어진 것이나 마찬가지인데! 그런데도 대신관께서는 루체 신을 버리지 못한단 말씀이십니까?"

이런 식으로 항의하는 자도 있었고.

"속죄라니요! 누구보다도 루체 님의 결백을 믿고 대신전을 지켜내셔야 할 분이 어찌 그러십니까!"

기겁하는 신도들도 많았다.

따지는 듯한 물음들에 루미엘은 그저 침묵으로 일관했다. 아렌트 역시 그녀의 의견에는 더 이상 참견하지 않고 그저 방관만 할 뿐이었다.

"황태자 전하께는 진실을 말씀드려야 하지 않겠습니까?"
어느 날.
아렌트, 그리고 라이오스와 함께 모인 자리에서 루미엘이 직접 꺼낸 화제였다. 라이오스는 아렌트에게 답을 구하듯 시선을 보냈다.
아렌트는 과자를 냠냠대며 물었다.
"굳이요?"
"어째서입니까? 이제 와서 진실을 숨기는 것은 큰 의미가 없을 터인데……."
루미엘이 말끝을 흐렸다.
모든 전쟁의 씨앗이 되었던 일. 루체가 신들과의 계약을 어겼던 일에 대해 아는 것은 아렌트와 루미엘, 그리고 루미엘로부터 이야기를 전해 들은 라이오스뿐이었다.
"신이란 작자가 생각보다 잔혹하더라고요. 진실을 모두 안다는 이유로 엘프 한 세대를 몰살시킨 전적도 있고."
칼리온 제국 황실이 괜한 화를 입지 않도록, 진실은 자신이 다 업고 가겠단 말이었다.
"하지만 진실을 전하지 못하면 같은 일이 또 반복될지도 모릅니다. 누군가는 기록하고, 기억해야 할 일이 아닙니까."
루미엘이 염려를 표했지만, 아렌트가 천연덕스럽게 대답했다.

"괜찮아요. 그렇게 되도록 내버려두지 않을 거거든요."

"……."

한없이 가벼운 어조였지만 한편으로는 단호하기도 했다. 덕분에 루미엘은 입을 다물 수밖에 없었다.

라이오스가 미간을 살며시 찌푸리며 물었다.

"뭔가 생각이라도 있나?"

"아뇨. 그런 건 딱히 없습니다."

어깨를 으쓱인 아렌트가 덧붙였다.

"단장님이 말씀하셨잖아요. 그건 우리 후대가 해결해야 할 일이라고. 기반을 잘 다져 놓으면, 다음은 알아서 들 하겠죠."

"……."

그 대답에도 라이오스는 개운치 못한 표정을 지었다.

하지만 아렌트는 모르는 척 과자를 하나 더 입에 쏙 넣을 뿐이었다.

시간은 또 빠르게 흘렀다.

아렌트가 정상적으로 업무에 복귀했을 무렵, 드디어 잿더미가 된 대신전의 처우가 결정되었다.

대신전이 있던 자리에 전쟁 피해자들 및 각종 취약계층 복지를 위한 시설을 건축하고, 황실 복지관으로 명명한다.

황실 복지관 내에서는 그 어떤 포교 활동도 금지한다.

황실에서의 공식 발표였다.

결국 칸타레스가 반대 세력의 뜻을 꺾은 것이다.

"한동안 또 난리가 나겠네요."

느긋하게 걸음을 옮기며 아렌트가 툭 내뱉었다.

반발하는 루체 교 신자들을 달래기 위해 복지관의 관장은 현 대신관인 루미엘이 담당하기로 되었지만, 그렇다고 해서 성난 신자들이 쉽게 뜻을 꺾어 주지는 않았다.

일부 루체 교 신자들에게 이미 루미엘은 배신자나 다름없는 위치가 되었으니까.

곁에서 함께 순찰을 돌던 리히트가 고개를 내저었다.

"설마 살아생전 이런 광경을 보게 될 줄은."

"아쉬우십니까? 그럼 선배도 다른 사람들처럼 익명의 항의서라도 보내요."

아렌트의 심술궂은 물음에 리히트가 그를 곱지 않은 눈으로 흘겨보았다.

"농담 같지도 않은 소릴."

"오늘로 저한테 도착한 게 딱 스물다섯 개였거든요. 꽤 마음에 드는 수집품이에요."

"넌 늘 이상한 놈이었다만, 최근 들어서 특히나 더 이상하게 보인다."

아렌트는 주머니에 손을 넣으며 뿌듯하게 말했다.

"경멸도 관심이라니까요. 언젠가는 다 쓸모가 있다, 이 말입니다."

"또 무슨 짓을 하려고."

"25개 중 12장은 발신자가 밝혀져서요. 황태자 전하께 일러바치고 언젠가 자리를 만들어서 사적으로 복수할 생각입니다."

"……."

자리를 따로 만들어서 복수하겠다는 말만큼 무서운 게 없었다. 그렇게 말하는 아렌트가 꽤 즐거워 보인다는 점이 가장 소름 끼치는 부분이었다.

리히트는 괜히 더 첨언하는 대신, 아렌트에게 협박장을 보낸 이들의 명복이나 조용히 빌어 주기로 했다.

"그나저나……."

유난히도 맑은 하늘을 올려다보던 아렌트가 중얼거렸다.

"어째 잠잠한데."

"잠잠하다고? 도대체 어딜 봐서 그런 소리가 나오는 거지?"

리히트의 의아한 물음에 아렌트가 어깨를 으쓱했다.

"아닙니다. 혼잣말이에요. 선배님도 심심하시면 같이 하실래요? 투서 보낸 사람 찾기. 요즘 전하께서 열 올리시던데……. 저한테도 좀 도와 달라고 하시더라고요."

"……도대체 어떻게 하면 심심하다는 말이 나올 수 있는지 모르겠군. 미안하지만 난 다른 임무에 투입되었다. 책상에 앉아서 머리를 굴리는 건 너한테나 어울리는 일이지. 내가 잘하는 일이 아니야."

리히트가 질린 목소리를 냈다.

사태가 일단락된 뒤, 칸타레스는 다시금 아렌트의 배신 행각을 밀고한 첫 제보자를 찾아 헤매기 시작했다.

하지만 뭐가 나올 리 없었다.

애초에 그것을 보낸 사람이란 존재하지 않으니까.

'뭐, 조만간 포기하겠지.'

과거에 간섭해 투서를 직접 보낸 네레이스는 지금쯤 지쳐 잠들어 있을 터였다. 그렇지 않다면 루체의 시선을 피해 숨어 있거나.

아렌트는 절대로 진실을 말해 줄 생각이 없었다.

대신 설렁설렁 찾는 척만 하면서 헛고생을 실컷 해대는 칸타레스를 구경이나 할 생각이었다.

'그 정도가 시나리오로 적당해.'

연극에서는 굳이 무대 밖으로 꺼내지 말아야 하는 부분이 있기 마련이니까.

"귀찮은데 대충 돌고 들어가면 안 됩니까?"

"안 된다."

그렇게 말하면서도 리히트는 살짝 다리를 저는 아렌트의 걸음에 맞춰 속도를 늦춰 주었다.

"걷는 건 문제 없나?"

"안 괜찮다고 하면 순찰 빼 주실 겁니까?"

"그리 말하는 걸 보아하니 괜찮은가 보군."

또다시 한바탕 쓸데없는 대거리가 흘러갔다. 그 사실에

약간의 만족감을 느끼며, 아렌트는 시선을 정면으로 던졌다.
 이 모든 상황을 상당히 마음에 안 들어 할 존재가 아직 잠잠했다. 아렌트는 그로부터의 접선을 기다리고 있었다.
 '아직 일말의 희망을 버리지 못한 건지.'
 아니면 다른 믿는 구석이라도 있는 것인지.
 어느 쪽이든, 아렌트는 느긋하게 기다려 주기로 했다.
 이제 자신이 급할 것은 하나도 없었으니까.
 또다시 며칠이 지난 후.
 온갖 논쟁 가운데서 드디어 대신전이었던 폐허에, 황실 복지관을 지을 첫 삽을 떴을 때.
 드디어 아렌트는 기다리던 존재로부터의 부름을 받을 수 있었다.

 * * *

 익숙한, 그리고 한편으로는 불쾌하기 짝이 없는 공간이 눈앞에 펼쳐졌다. 인기척이라고는 전혀 느껴지지 않는 낡아빠진 극장.
 아렌트는 다시금 이수현의 모습을 마주하게 되었다.
 별로 당황한 기색도 없이, 아렌트는 거울에 비친 '이수현'……자신의 그림자로부터 몸을 돌렸다.
 그러자 갑작스레 쏟아진 스포트라이트가 눈을 찔렀다.

빛에 눈이 익숙해지자, 어둠에 잠긴 객석이 차차 시야에 들어왔다.

텅 빈 객석 한가운데에, 한때 이 세상을 호령했던 신이 있었다.

"……."

루체의 모습을 확인한 아렌트는 잠깐 멈칫했다.

잠시 후. 그의 입가에 피식 비웃음이 맺혔다.

"꼴 좋다."

여전히 루체 신은 아름다운 모습이었다.

하지만 예전에 대면했을 때처럼 완전한 외형을 갖춘 것은 아니었다.

새하얀 손가락 끝은 갈라지고, 빛을 품은 새하얀 얼굴에도 금이 가 있었다. 마치 낡고 낡아 바스러지기 시작한 신상처럼.

"어때?"

주머니에 손을 찔러 넣은 아렌트가 물었다.

"연극은 즐거웠나?"

루체는 심란한 얼굴로 무대 위에 홀로 선 아렌트를 내려다보았다. 마치 어떤 표정을 지어야 할지 고민하는 인형 같은 모습이었다.

"……정말 대단하군."

한참 동안 침묵하던 루체가 여러 가지 의미를 담은 감탄사를 흘렸다.

"설마 이렇게 빨리 신성 제국을 뒤흔들 수 있을 줄은 상상도 못 했어."

"내가 좀 대단하지."

"……."

지극히 그다운 대사에 루체는 아무런 대꾸도 하지 않았다.

뻐딱하게 선 아렌트가 신을 똑바로 올려다보았다.

"대신전은 없어졌고, 대신관의 신앙은 당신에 대한 경외에서 세상을 향한 속죄로 바뀌었어."

"……."

"칼리온 제국은 신성 제국이라는 이름을 버렸고."

아렌트는 씨익 웃으며 양팔을 벌렸다. 그리고 한 걸음 성큼 앞으로 나아갔다.

환한 스포트라이트가 그의 머리 위로 쏟아졌다.

"그러니까……. 이제 인정하지 그래?"

루체는 착잡한 눈으로 그를 응시했다.

신의 두 눈동자에 무대 위 홀로 선 배우의 모습이 아로새겨졌다.

"내가 이겼어, 멍청아."

유난히도 또렷이 들리는 음성이 낡은 극장을 가득 채웠다.

후두둑.

아름다운 얼굴에 간 금이 더욱 크게 갈라졌다.

루체가 참혹하게 얼굴을 일그러뜨린 탓이었다.

"그래. 네가 이겼다."

갈라진 틈새에서 떨어진 파편들이 빛나는 가루가 되어 흩어졌다.

"이번 내기는 분명 네가 이겼어. 아주 훌륭하구나. 박수라도 쳐 주는 게 좋을까? 소원을 말해. 뭐든 들어 주지."

루체의 두 눈동자에 노골적인 증오가 들어차기 시작했다. 감당하기 힘든 압박감이 전신을 서서히 옥죄어 왔다.

"박수는 필수지. 구경하느라 제법 즐겁지 않았나? 아, 별로 유쾌하지만은 않았겠어."

숨쉬기가 어려워졌다. 분노한 루체에 감화라도 된 듯 점점 뜨거워지는 스포트라이트가 당장이라도 살갗을 태워 버릴 것 같았다.

"당신은 지상의 존재를 지나치게 얕봤어."

하지만 그럴수록 아렌트의 입가에 드리운 비웃음은 더욱 짙어지기만 했다.

"댁 같은 거 없어도 충분히 잘 살아갈 수 있거든. 신앙을 잃으면 곤란한 건 저들이 아니라 바로 당신 쪽이겠지."

"분명히 후회하게 될 거다."

루체가 싸늘하게 말했다.

"세상의 균형을 망가뜨렸으니, 분명 업보를 치를 거다."

"균형? 아니지. 망가진 건 당신의 독재뿐이야."

아렌트는 앞으로 한 걸음 더 성큼, 나아갔다.

"악은 악으로, 선은 선으로 존재해야 한다고 말했지? 웃기고 있네. 당신은 결국 스스로를 선으로 만들고 싶었을 뿐이잖아."

"……."

"그걸 위해서 셀 수도 없는 희생을 만들었어. 그런데 정의를 자처한다고? 기만도 정도껏 해."

"그게 뭐가 나쁘지?"

루체가 싸늘하게 대답했다.

"세상은 지나치게 혼란스러웠다. 지상의 것들은 싸움을 멈추지 않았고, 신을 자처하는 자들은 그것을 다스릴 생각조차 하지 않았지."

"……."

"세상은 다채로운 만큼 혼란스러웠다. 질서도 체계도 없던 세상을 내가 다잡아 준 것과 다름없는데, 제깟 것들이 감히……!"

루체의 투명한 눈동자에 짙은 살기가 드리웠다. 평범한 사람이라면 멀쩡히 견디기 힘든 살기가 아렌트의 전신을 짓누르기 시작했다.

"감히…… 라. 그 말은 내가 하고 싶은데."

하지만 아렌트는 그것을 온전히 견뎌 내며 차가운 눈으로 신을 쏘아보았다.

"당신이 뭔데 감히 지상의 규칙을 정하지? 주제넘은 짓이라는 걸 아직도 인지하지 못한 건가? 신앙 없이는 제대로 존재하는 것조차 불가능하면서."

"뭐라고?"

"저 땅에 직접 부대끼며 살아가는 존재도 아닌 주제에. 균형이나 조화 따위를 자처할 자격이 있을 것 같나?"

아렌트는 루체를 똑바로 노려보며 또박또박 내뱉었다.

"혼란스럽기에 조화로운 거야, 이 세상은. 절대선이나 악 같은 건 의미 없어. 누군가에게는 개새끼인 사람이 또 다른 사람에게는 은인일지도 모르고. 친구가 원수로 돌변하는 것도 순식간이지."

"……."

"온갖 존재들이 뒤섞여 살아가는데, 신앙이라는 이름으로 납작하게 눌러 둔다고 의미가 있나? 결국 처음부터 끝까지 당신 욕심이고, 기만이자 오만이야."

가만히 듣던 루체가 헛웃음을 터뜨렸다.

"하! 인간 애송이 주제에 나를 가르치려 드는군."

"하도 머저리 같아서 그런다. 순진해 빠진 이세계 놈들이야 또 모르지만, 난 아니라서."

아렌트가 어깨를 으쓱했다.

"그러게, 내기 상대를 잘 골랐어야지. 애초에 균형 운운하면서 세상을 뒤집어엎고, 이계의 존재를 끌어들인 것부터가 모순이라고."

결국 이 싸움은 아무것도 아닌 존재들의 승리였다.
　단지 살아남기를 바란, 그리고 자신 옆의 소중한 사람들을 지키고 싶었을 뿐인 이들의 승리.
　"그래. 네 말이 옳다고 치자. 하지만 이것 하나는 꼭 기억하렴."
　무표정한 얼굴의 신이 아렌트를 내려다보았다.
　"억겁의 시간에 비해, 지상 것들의 삶은 찰나에 불과해."
　"……."
　"이번은 네가 이겼다. 그러니 꼴사납게 변명하는 짓은 그만두지. 하지만 이조차도 찰나의 순간일 뿐이란다."
　루체는 바스러진 손끝으로 느긋하게 턱을 괴었다.
　"네가 짧은 삶을 다한 순간에도 역사는 흘러갈 거란다. 그리고 아직 지상에는 나를 따르는 많은 이들이 있으니……. 언젠가는 또 내게 매달리게 될걸."
　"……."
　"내 형제가 완전히 소멸하지 않는 한 말이야."
　꿈틀.
　그제야 아렌트의 눈썹이 구겨졌다. 그 반응이 제법 마음에 들었던 듯, 루체가 빙그레 미소 지었다.
　"내 형제는 조용히 때를 노리고 있지. 형제를 모시는 아이……. 이리스라고 했던가. 그 애가 존재하는 한, 내 형제도 영원히 사라지지 않는다. 그리고 형제는 지금 이리스에게 자신의 모든 힘을 맡기고 잠들었지."

"……."

"언젠가, 이리스가 윤회의 고리를 거쳐 다시 세상에 태어난다면, 형제 역시 깨어날 거란다. 이번에도 역시 된통 당했으니, 눈을 뜨자마자 복수하려 하겠지. 그에게 대적할 수 있는 건 오직 나뿐이야."

루체가 슬쩍 비웃음을 머금었다.

"세월이 흐르며, 오늘의 일도 언젠가 잊힐 날이 올 거란다. 네가 아무리 나를 탄압하고 핍박해도 신앙은 대를 이어져 내려올 거야. 그 옛날 칸이 내 형제를 믿는 자들을 완전히 청소해 내지 못했던 것처럼."

"……."

"그렇지 않으면, 나를 믿고 따르는 자들을 모두 죽이기라도 할 테니?"

신의 눈꼬리가 예쁜 반달 모양으로 접혔다. 불쾌해진 아렌트가 인상을 구겼다.

"내가 그쪽도 아니고. 그런 멍청한 짓을 왜 해?"

"그렇다면 결국 세월의 무상함 앞에서 패배하는 수밖에 없겠구나."

턱을 괸 루체가 기분 좋게 말했다.

"자, 소원을 말하렴. 집으로 돌아가고 싶니? 그렇지 않으면 부를 원해? 뭐든 말해. 전지전능한 이 몸이 들어줄 테니."

"……."

아렌트는 한동안 대답하지 않았다. 그저 가라앉은 눈으로 가만히 루체를 응시하기만 할 뿐이었다.

잠시 후.

"이제 와서 별로 전지전능하다고 보이지는 않다만."

아렌트가 피식 가벼운 웃음을 터뜨렸다.

"당신 힘으로 이리스를 없앨 수 있었다면 진즉 했겠지."

싸늘한 목소리가 울려 퍼진 순간, 루체의 얼굴에서 미소가 사라졌다.

자신의 역린을 건드린 탓이었다.

"형제조차 스스로 죽일 수 없어서 지상의 손을 빌리는 주제에, 전지전능이라……. 지나가던 개가 웃겠군."

"오호라."

루체의 미간이 다시금 구겨졌다.

"그렇게까지 말하다니. 어떤 거창한 소원을 빌지 궁금해지는군."

"걱정 마. 너도 충분히 들어줄 수 있는 소원으로 골랐으니까."

루체에게 뭘 요구할지는 이미 한참 전에 정해 뒀다.

어쩌면 이리스가 자신의 목숨을 저버리고 죽음으로 도피한 순간부터 이리될 거라고 결정된 건지도 몰랐다.

"네 말대로 역사는 믿을 만한 게 못 되지. 결국에는 세월을 따라 기록은 변질되고 흐려질 거야. 하지만……."

황금색 눈동자에 웃음기가 맺혔다.

"처음부터 끝까지 내가 기억하면 그만이지."

라이오스는 후대에 맡길 일이라고 했다. 하지만 아렌트는 전혀 그럴 생각이 없었다.

예상치 못한 말에 루체가 멍청히 되물었다.

"뭐라고?"

루체와 똑바로 시선을 맞추며, 아렌트가 또박또박 말했다.

"내게 이리스와 같은 능력을 줘. 당신들을 몇 번이고 개박살 낼 수 있도록. 기한은 체르니온과 너, 둘 다 소멸하는 날까지."

자신이 언젠가 아렌트 폰 에크하르트가 아니게 되는 날이 오더라도 상관없었다.

이 연극은 끝까지 계속될 테니까.

루체의 낯이 순식간에 딱딱하게 얼어붙었다.

* * *

"야, 이 새끼야!"

갑자기 들려온 벼락같은 호통에 정신이 번쩍 들었다.

눈을 뜨자, 당장이라도 울음을 터뜨릴 것 같은 아서의 얼굴이 보였다.

"……."

아렌트는 멍청하게 눈을 깜빡이다 벌떡 상체를 일으켰다. 그러자 갑자기 현기증이 몰려들어 눈앞이 핑 돌았다.

"으……."

"미친놈아, 갑자기 움직이지 마!"

급하게 달려든 아서가 그의 상체를 붙잡아 주었다. 핑핑 도는 머릿속에 아서의 나무라는 목소리가 꽂혔다.

"몸 상태가 나쁘면 말을 하라고! 너 지금 며칠이나 앓았는지 기억이나 해?"

"……시끄러우니까 조용히 좀 해봐요. 골 울려 죽겠네."

이마를 짚은 아렌트가 투덜거렸다. 그러자 아서가 더욱 얼굴을 와락 일그러뜨렸다.

"넌 진짜……!"

"물이나 좀 줘요."

아렌트가 손을 휘적이자 아서는 짜증을 내면서도 물컵을 쥐여 주었다. 차가운 물을 잔뜩 들이키자, 그제야 정신이 좀 맑아지는 것 같았다.

새삼스럽게 주변을 둘러보던 아렌트가 멈칫했다.

"……뭐야. 나 왜 또 치료실에 있어요?"

"왜냐고? 왜냐는 말이 나와, 지금?"

결국 아서가 복장을 터뜨렸다.

"너 지금 사흘째 의식불명이었어, 이 새끼야!"

이번에는 아렌트가 황당해질 차례였다.

"예? 사흘이요?"

"기억도 안 나냐? 하긴 그동안 계속 퍼질러 잤으니 당연하지! 어떻게 되는 줄 알고 깜짝 놀랐다고!"

"와, 씨……."

아렌트는 침대에 앉은 채 아연실색하고 말았다.

하긴 바로 얼마 전까지 죽다가 살아났는데, 갑자기 며칠 동안 죽은 듯 잠들어 있으면 누구나 다 기함할 수밖에.

'그리 얌전히 잠들어 있었던 것 같지도 않고.'

손등에 기억나지 않는 상처가 늘어 있었다. 거기에다 목도 따끔따끔한 게 숨이 막힐 때 습관적으로 긁은 모양이었다.

아서가 속사포처럼 마구 따져 물었다.

"너 또 악몽 꿨냐? 싸움도 끝났는데 또 왜 그래? 설마 아직도……."

"그런 거 아니에요."

아렌트는 머리를 긁적이며 대충 대답했다.

"요즘 신경 쓸 일이 많아져서 그런가 보죠. 그나저나 거기에서 멍하니 있어도 괜찮아요?"

"어?"

아서의 얼빠진 물음에 아렌트가 타박 놓듯이 말했다.

"단장님한테 안 가 봐도 되냐고요. 그 성격에 보나 마나 쓸데없이 엄청 걱정하고 있을 텐데."

"……아, 맞다!"

그제야 아서가 벌떡 몸을 일으켰다. 아렌트가 일어나면 당장 보고하라는 명령을 이제야 떠올린 거였다.

"너, 꼼짝 말고 여기에 있어!"

"네, 네."

아렌트가 건성으로 내준 답을 흘려들은 아서는 곧장 우당탕 밖으로 뛰쳐나갔다. 가볍게 한숨을 푹 내쉰 아렌트는 다시 입구 쪽으로 시선을 돌렸다.

아서가 방금 나간 자리에 렉시온이 기척도 없이 나타나 있었다.

"너, 또 신과 뭔가를 약속했군."

각설하고, 렉시온이 곧장 본론을 꺼냈다. 아렌트는 그에게 씨익 웃어 주었다.

"뭐, 그런 셈이죠."

느긋하게 침대에 등을 기댄 아렌트가 툭 내뱉었다.

"엄청나게 분해하던데요? 렉시온 님도 그 꼴을 봤다면 좋았을 텐데."

하지만 렉시온은 그의 농담에 어울려 주지 않았다.

"뭘 약속했지? 도대체 또 네놈의 뭘 건 거야?"

"비밀입니다. 딱히 건 것도 없어요. 렉시온 님은 인간에 비해서 엄청나게 오래 사실 테니, 언젠가는 알게 되실지도 모르겠네요."

그의 말을 퍼뜩 이해하지 못한 렉시온이 얼굴을 구겼다.

"무슨 뜻이지?"

"뜻은 무슨. 그냥 그렇다는 말이죠. 이제 진짜 다 끝났어요. 미뤄 뒀던 일도 해결했으니."

짐짓 홀가분하게 말하며, 아렌트가 기지개를 쭉 켰다.

"당분간 두 신 다 이쪽에 간섭하지 못할 겁니다. 제가 지켜만 보고 있지는 않을 거거든요."

그렇게 말하는 아렌트는 진심으로 어깨가 가벼워 보였다. 마치 마음의 짐을 모두 다 내려놓았다는 것처럼.

'어차피 이 세상에 매인 몸이라면……'

놓친 적을 지옥 끝까지 쫓아가는 것도 나쁘지 않을 것 같았다. 이 일을 매듭짓지 못한 채로 내버려두는 것도 내키지 않는 일이었고.

얼굴을 구긴 렉시온이 뭔가 말하려 했다.

"너, 설마……."

"제가 말했을 텐데요. 이미 다 끝났다고."

하지만 아렌트는 그의 말허리를 잘라 버렸다.

"이제 '아렌트'에게 남은 일은, 재미있고 즐겁게 사는 것뿐입니다."

이번 연극의 결말이 '오래오래 행복하게 살았습니다.'로 끝날 수 있도록.

"……."

심란한 표정을 지은 렉시온은 그를 한참 동안 빤히 바라보기만 했다. 뭔가 쏟아내고 싶은 말은 많았지만 차마 입 밖으로 꺼낼 수가 없었다.

아직 앳된 낯에 드리운 미소가, 진심으로 편안해 보인 탓이었다.

* * *

"……또 폭동이라고? 또?"

칸타레스가 서류를 책상 위에 내던졌다. 지긋지긋해 죽겠다는 목소리에 제레온이 그를 안쓰러운 눈으로 바라보았다.

"이번에는 무슨 일 때문인가요?"

"뭐 때문이겠어? 루체 교를 다시 국교로 인정하라는 놈들이지."

"아아……."

제레온이 다과를 내어 주자, 칸타레스는 과자를 우적우적 씹기 시작했다.

"전쟁이 끝난 지 2년이 다 되어 가는데, 아직도 이런 소리가 나온다고?"

"아무래도 사람들 마음이라는 게 쉽게 돌아서는 것이 아니니까요. 다른 것보다 자신이 믿고 따랐던 세월을 부정하기 힘든 탓이겠죠."

 지난 시간을 한 번에 지워 버리기란 쉬운 일이 아니었다.

 라이오스와 아렌트의 강력한 주장으로 강한 탄압은 피하고 있으니, 제국에서 루체 신의 그림자를 걷어내는 작업은 더욱 더뎌질 수밖에 없었다.

 괜히 자극했다가는 더 큰 반발만 돌아온다는 것이 그 이유에서였다.

 그 점은 칸타레스 역시 동의했지만…….

 "그래도 3주에 한 건 꼴은 너무 심하지 않냐?"

 하루하루 쌓이는 피로감은 어찌할 수가 없었다.

 "하하……. 일단은 각 영지에서 대응할 수 있는 정도라는 게 다행스러운 일이죠. 영주님들은 대부분 전하와 뜻을 같이 하겠다는 입장이고."

 제레온이 그에게 위로를 건넸다.

 그나마 한 가지 위안 삼을 점은, 황성 근처는 다른 지역들보다 훨씬 잠잠하다는 거였다. 아무래도 직접 전쟁을 목도한 이가 많다는 게 원인인 듯했다.

 "관장님이 또 바빠지시겠군요."

 제레온의 말에 칸타레스가 끙 앓는 소리를 냈다.

 "원래는 이럴 생각이 아니었는데 말이지……."

 폭동을 일으켰다가 체포된 이들은 대부분 황실 복지관에서 봉사활동을 하는 벌에 처해졌다. 그동안 그들의 정신교육을 담당하는 것은 루미엘이었다.

원래는 징역형에 처할 예정이었지만, 루미엘이 직접 그리 제안한 탓이었다.

"징역 대신 복지관에서 수용하면서 제가 길게 이야기를 나눠 봐도 괜찮을까요? 복지관의 일손을 거들게 하면서 마음을 돌려보겠습니다."

……라고.

루체 교가 칼리온 제국의 국교 자리에서 내려오게 되면서, 대신관이라는 직위는 더 이상 의미가 없어졌다.

그 탓에 현재 루미엘은 복지관의 관장이라는 직책으로 더 자주 불리고 있었다.

"그래도 효과는 좋은 것 같습니다. 아무래도 루미엘 관장님과 직접 시간을 보내며 이런저런 이야기를 들으면 생각이 많이들 달라지는 모양이더군요."

"그렇겠지. 대단한 분이라니까……."

"천하의 아렌트 경조차도 그분 앞에서는 순한 양이 되니까요."

제레온이 쿡쿡 웃음을 터뜨렸다. 아렌트의 이름이 나오자 칸타레스가 한숨을 푹 내쉬었다.

"그러고 보니 그 녀석은?"

"오늘 근신에서 풀려나셨다고 들었습니다. 라이오스 단장님의 개인 별장에 갇혀 계셨다고 들었어요. 오늘 오전에 렉시온 님이 다시 황궁으로 데려다주셨답니다."

칸타레스가 관자놀이를 꾹꾹 눌렀다.

"이번에는 또 뭐 때문이랬더라?"

"황궁 근처에서 폭동을 준비하던 무리 틈에 혼자 숨어 들어가셔서……. 폭동 결행 전날에 일부러 정체를 드러내고 50명 정도를 혼자 상대하셨다고 했던가요."

"단장 명령 없이?"

"네. 단독 행동이셨답니다. 노이만 정보상을 통해서 정보를 입수하셨다고 들었습니다."

제레온의 담백한 대답에 칸타레스의 한숨이 더욱 깊어졌다.

"하아아아……. 이 새끼는 왜 변하는 게 없어?"

"하하하. 그 50명은 두 번 다시 루체 신 쪽으론 고개도 안 돌리겠다며 아렌트 경께 맹세했답니다."

제레온이 어색하게 웃었다.

"그래서 일단 훈방 조치하고, 아렌트 경만 별장으로 근신당했다고 하는데……. 이걸 잘 됐다고 해야 하는지는 저도 잘 모르겠네요."

"정신은 단단히 차렸겠군. 그놈한테 몸으로 처맞고 입으로 죽도록 털렸을 테니."

아렌트에게 당하느니 차라리 징역을 사는 편이 나을 것이다. 칸타레스가 혀를 내두르자 제레온이 슬쩍 아렌트의 편을 들어 주었다.

"그래도 아렌트 경이 직접 나서신 걸 보아하니, 온건한 방법으로는 대처하기 힘든 이들이었던 듯합니다. 듣자 하니 무력시위까지 준비하고 있었다던 걸요."

"……혼자서 그런 곳에 쳐들어갔다고?"

칸타레스가 어처구니없이 묻는 말에 제레온이 담백하게 고개를 끄덕여 주었다.

"네. 그 점은 근신당하실 만 하다고 생각합니다."

"골치 아픈 놈. 오늘 돌아왔다면 조만간 또 찾아와서 지랄하겠군."

"과자를 준비할까요? 아렌트 경이 좋아하시는 걸로."

"그걸 말이라고 해?"

다소 까칠하게 대꾸한 칸타레스가 덧붙였다.

"되도록이면 많이 준비해."

"알겠습니다."

고개를 가볍게 숙인 제레온이 곧장 집무실을 나섰다. 과자를 준비하라는 황태자의 명령을 수행하기 위해서였다.

칸타레스는 다시 서류에 골몰했다.

'지금 당장 신앙을 뿌리 뽑는 것은 불가능하겠지.'

루미엘의 선언으로, 대신전을 중심으로 뭉쳐 있던 루체교는 사실상 해산된 것과 다름없었다.

이런 와중에도 이전 방식의 신앙을 버리지 못한 이들과 황실이 대립하게 된 것은 당연한 일이었다.

'당장 귀족들이 반발하지 않는 게 기적 같은 일이지.'

대신전마저 와해된 지금. 현재의 권력은 칸타레스가 틀어쥐고 있는 것과 다름없으니까.

귀족들은 반감을 드러내기는커녕, 황실 앞에서는 고개조차도 제대로 들지 못하는 실정이었다.

칸타레스를 중심으로 한 황실은 전쟁 영웅 라이오스를 비롯해 타국의 인사들과도 밀접하게 연결되어 있었다.

게다가 연합군에 참여했던 국가의 왕실들 역시 루체 교에 부정적인 입장을 드러내는 분위기니 당연한 일이었다.

'게다가……'

칼리온 제국 황실을 중심으로 엘프들과 인간들 간의 교류도 활발해지고 있으니, 황태자에게 밉보이고 싶은 자본가는 별로 없을 것이다.

계산이 빠른 이들은 발 빠르게 루체와 연을 끊어 버렸다. 이제 남은 것은 예전의 신앙을 저버리지 못한 이들뿐이었다.

하지만 그 고지식한 자들이 잊을 만하면 끊임없이 반발해 오는 터라, 칸타레스는 골치를 썩을 수밖에 없었다.

"성가셔 죽겠군."

칸타레스가 턱을 괴며 한탄을 터뜨렸다.

하지만 누굴 탓하리.

전부 다 자신이 선택한 결과인데.

결국 모든 것을 단념한 그는 한숨을 푹 내쉬고 말았다.

* * *

"선배님, 그거 들으셨습니까?"

순찰을 돌던 중, 아서가 문득 운을 뗐다. 리히트가 무성의하게 되물었다.

"뭐?"

"르웰린 왕자님이 조만간 제국에 방문하신다고 합니다. 세일럼 님과 함께요. 여행하시던 중에 잠깐 방문하시는 것 같습니다."

"흐음."

그제야 리히트가 약간 관심을 보였다.

전쟁이 어느 정도 수습된 뒤, 엘프들이 모두 돌아간 뒤에도 세일럼은 홀로 제국에 남았다. 인간 세상을 좀 더 둘러보며 견문을 넓히고 싶다는 이유에서였다.

그렇게 세일럼은 이곳저곳 탐험을 다니는 르웰린과 합류해 온 대륙을 누비게 되었다.

"분명 얼마 전까지 루카인 왕국 쪽에 계셨다고 하지 않았나?"

"며칠 전에 출발하셨답니다. 아렌트가 근신 중이라 제가 대신 연락 받았어요. 도착하기 전에 한 번 더 기별을 주신대요."

"또 황궁이 시끄러워지겠군."

상상만 해도 골치가 아파 와, 리히트가 슬쩍 인상을 찌푸렸다.

르웰린이 한 번 황궁에 들릴 때마다 언제나 만만찮은 소동이 일어나곤 했다. 그 대부분이 아렌트와 엮여 있으니, 3기사단으로서는 골치가 아플 수밖에 없었다.

"아렌트는 알고 있나?"

"아마 알고 있을걸요? 이미 단장님이랑 황태자 전하께도 보고드린 사항이니까요."

"그런데 왜 아무 말도……."

거기까지 말한 리히트가 문득 말을 멈췄다.

"……그나저나 아렌트는? 어디 갔지?"

"예?"

뜬금없는 한마디에 아서가 얼빠진 소리를 냈다. 우뚝 걸음까지 멈춘 리히트가 아서를 돌아보았다.

"그놈 어디 갔냐고."

"오늘 오전까지 근신이었습니다만……. 그러고 보니 못 봤네요. 생활관에도 없었는데. 업무 복귀는 내일부터일 테고."

갑자기 피가 차갑게 식는 느낌이었다.

입을 쩍 벌린 아서가 어버버하며 물었다.

"잠깐, 그러고 보니 견습 녀석은 어디로 갔죠? 선배님, 보셨습니까?"

"아니. 오늘 오전 훈련 시간 이후로는 못 봤다만. 그 녀석도 비번일 텐데……."

불길한 느낌이 엄습했다.

리히트가 순식간에 침착한 표정을 집어 던졌다.

"젠장, 생활관에서 노는 녀석들한테 전해. 아렌트가 어디 갔는지 찾아내라고!"

"예, 예!"

아서가 부리나케 몸을 돌려 다시 생활관으로 뛰어가기 시작했다.

"이 망할 녀석……!"

리히트는 짜증스럽게 머리칼을 긁적였다.

2주나 산골에 처박혀 있었으니, 분명히 독 오른 살쾡이가 되어 있을 게 분명했다.

리히트 역시 더 빨리 걷기 시작했다. 서둘러 순찰을 마지고 아렌트를 찾는 대열에 합류할 생각이었다.

하지만 단 몇 초 뒤.

"아."

그들은 동시에 움직임을 우뚝 멈췄다.

멀찍이 떨어진 곳에서 익숙한 장면을 발견한 탓이었다.

"……."

위장이 아파 죽겠다는 표정을 지은 라이오스와, 그의 오른손에 단단히 붙들린 아렌트. 그리고 잔뜩 고개를 수그린 채 죄스러운 얼굴로 두 사람의 뒤를 따르는 신입 견습까지.

아무래도 3기사단 생활관으로 복귀하는 길인 것 같았다.
아서가 침착하게 물었다.
"……상황 종료된 것 같은데 그냥 순찰 돌아도 됩니까?"
"……그래."
고개를 끄덕인 리히트가 현명한 답변을 내어 주었다.
"돌아갈 때 치료실에 들러서 위장약이나 가져가자."
"옙."

＊　＊　＊

두 사람을 끌고 단장실로 돌아온 라이오스가 침착하게 물었다.
"거기에는 왜 간 거냐."
"그냥……."
"아렌트 넌 조용히 하고."
불만스럽게 대꾸하려던 아렌트가 입을 다물었다. 라이오스의 시선이 소파에 앉은 아렌트 뒤에 선 견습 기사 애쉬에게 닿았다.
"애쉬. 네가 말해 봐라."
애쉬가 더듬더듬 대답했다.
"아, 아렌트 선배님이……. 마음에 안 드는 불량배 놈들을 아직 덜 두들겨 팼다고…….”

"하아아…….”

한숨을 푹 내쉰 라이오스가 손을 들었다. 그만해도 된다는 뜻이었다. 잔뜩 겁먹은 애쉬가 입을 다물자, 아렌트가 불만스럽게 쫑알거렸다.

"저 녀석은 간담이 너무 작아요.”

"네가 과하게 큰 거다. 그리고 제발, 혼자 움직이지 말라고 몇 번을 말하냐!”

라이오스의 언성이 커졌지만, 아렌트는 들은 척도 하지 않았다.

"지난번의 그 폭도 패거리요. 걔네한테 무기를 판 녀석들이 아직 남아 있었단 말입니다.”

"그런 건 보고를 하라고, 보고를! 왜 혼자 움직이는 거냐, 도대체!”

"그야…….”

복장을 터뜨리는 라이오스 앞에서 아렌트가 뻔뻔하게 팔짱을 꼈다.

"재미있으니까?”

타악!

결국 라이오스는 제 이마를 때리듯 세게 짚고 말았다.

근신에서 풀려난 지 딱 3시간이었다. 아주 잠깐 눈을 뗐을 뿐인데, 아렌트는 불량배 놈들의 둥지까지 찾아가 놈들을 다 때려눕혀 놓았다.

그리고 더 골 때리는 건…….

"왜 말릴 생각은 안 했나, 애쉬."

"……제가요? 아렌트 선배님을요?"

"그래. 말리는 건 바라지도 않아. 적어도 나한테 보고 했어야지. 같이 가잔다고 동행해서 같이 두들겨 패고 있는 게 말이 되나?"

"……."

얼마 전에 들어온 견습 녀석 역시 착실하게 아렌트에게 물들어 가고 있다는 점이었다. 애쉬가 할 말이 없다는 듯 고개를 깊이 숙였다.

저리 반성하고 있는 녀석은, 고작 30분 전까지만 해도 아렌트를 도와 주먹질을 하고 있었다.

한숨을 푹 내쉰 라이오스가 툭 내뱉었다.

"하아아……. 너, 아렌트랑 놀지 마라."

"네에?"

애쉬가 단박에 울상을 지었다. 그 꼴을 보고 있자니 더욱 속이 쓰려지는 라이오스였다.

아렌트를 전쟁 영웅의 자리까지 단박에 올려 둔 것까지는 좋았으나……. 후폭풍이 너무 컸다.

어린 녀석들이 아렌트를 동경하기 시작한 거였다.

'누굴 탓하겠냐만.'

다 본인의 업보지.

"오늘 하루는 둘 다 생활관 밖으로 나가지 말도록. 근신이다."

"예……. 알겠습니다."

"예엡."

어깨를 축 늘어뜨린 채 반성하는 애쉬와 건성으로 고개를 끄덕이는 아렌트가 동시에 대답했다. 적어도 누구 한 명은 1시간 안에 탈출할 거란 사실이 불 보듯 뻔한 일이었다.

"점심 식사나 하러 가라."

관자놀이를 꾹꾹 누른 라이오스가 다 포기하고 손을 휘휘 내저었다. 애쉬가 조심스럽게 물었다.

"단장님은 식사 안 하십니까?"

"너희들 때문에 위가 아파서 이따가 갈 거다."

그러니 빨리 눈앞에서 사라지라는 뜻이었다. 어깨를 으쓱인 아렌트가 자리에서 일어났다.

"저녁 회의 때 뵙죠."

다리를 살짝 절며 집무실을 벗어나려는 그에게, 애쉬가 눈치 빠르게 다가가 보폭을 맞춰 주었다.

나란히 집무실을 나서는 뒷모습을 보며 라이오스는 다시금 한숨을 푹 내쉴 수밖에 없었다.

"골치 아픈 녀석들."

오늘도 누구 때문에 그저 평화롭지만은 않은 하루였다.

외전 1장. 어느 견습 기사의 유쾌한 하루

어느 견습 기사의 유쾌한 하루

 황실 기사단의 제복은 두 가지로 분류되어 있었다. 하나는 짙은 푸른색의 정식 단원복.

 나머지는 아직 정식 서임을 받기 이전, 전투에서 보호받아야 하는 견습임을 표하는 연푸른빛의 견습기사용 제복이었다.

 한때 견습 기사용 제복은 어느 별난 녀석의 상징처럼 취급받을 때도 있었다.

 '별난 정도가 아니지.'

 3기사단의 현 견습기사, 애쉬는 막막한 눈으로 허공을 올려다보았다.

 체르니온 교단을 상대로 한 전쟁을 승리로 이끈 일등공신, 아렌트 폰 에크하르트.

그는 걸어 다니는 자연재해로 취급받는 인물이었다.

그 탓에 후임 견습으로 들어오게 된 애쉬는…….

"죄, 죄송합니다! 아렌트 경인 줄 알고 그만……."

황궁 내에서 마주치는 시종들과.

"……애쉬 경, 미안하네. 아렌트 경인 줄 알았다네."

심지어는 란슬롯 대공작을 비롯한 다른 귀족 관리들마저도 자신을 보자마자 얼굴색이 변하는, 그런 기이한 경험을 하고 있었다.

그런 일이 몇 주 내내 이어지자, 결국 참다 못한 애쉬는 직접 아렌트를 찾아가기에 이르렀다.

"아렌트 선배님!"

"뭐."

모처럼의 비번일.

생활관 로비의 소파에서 나태하게 늘어진 아렌트가 그를 맞이했다.

전쟁이 끝난 직후, 황태자에게 특례를 받아 정식 서임을 받은 아렌트였다.

이미 견습 기사용 제복을 졸업하고 짙푸른빛의 정식 기사단원 제복 차림이었지만, 듣자 하니 그때나 지금이나 하는 짓은 그다지 다를 바가 없다고 했다.

애쉬는 마음을 굳게 먹고 그의 앞에 버티고 섰다.

"자꾸 사람들이 저만 보면 흠칫흠칫 놀랍니다! 자꾸 아렌트 경이랑 헷갈리는 것 같습니다."

"네가 존재감이 흐려서 그런 거야."

하지만 아렌트는 읽던 책에서 눈을 떼지도 않고 시큰둥하게 대꾸할 뿐이었다.

"한가하면 주방에 가서 과자나 더 얻어와. 벌써 다 먹었네."

아렌트가 내미는 과자 바구니를 얼떨결에 건네받은 애쉬가 울상을 지었다.

"선배니임!"

"귀찮게 진짜. 나보고 뭐 어쩌라고."

그제야 아렌트가 뚱한 시선을 들어 애쉬를 마주보았다.

"정 억울하면 너도 나만큼 거하게 사고라도 쳐 보던가."

"어떻게 그럽니까, 사람이!"

"그럼 난 사람이 아니라는 뜻?"

"그런 말씀을 드리는 게 아니잖습니까!"

전쟁이 끝난 지 1년.

애쉬가 견습 생활을 시작한 지 3주째 되는 어느 날이었다.

"다른 선배님들도 기껏 하신다는 말씀들이, 견뎌라, 어쩔 수 없다……. 하지만 황궁을 걸을 때마다 사람들이 흠칫하면서 얼굴을 확인하는데, 이만저만 신경 쓰이는 게 아닙니다!"

한때는 영웅이 이끄는 제 3기사단에 견습으로 들어가

어느 견습 기사의 유쾌한 하루 〈193〉

게 되었다는 사실에 얼마나 설렜던지.

하지만 그 뒤로 애쉬에게 늘어난 것은 속쓰림뿐이었다.

"괜찮아. 네가 나만큼 잘생긴 것도 아니고. 한동안 그러다 말겠지."

"그, 그건……!"

그렇습니다만.

저도 모르게 긍정의 말을 내뱉으려던 애쉬는 망연자실하고 말았다.

"아니면 네 못생긴 얼굴에 새삼 놀라는 걸지도 모르지."

"선배니이이임!"

아렌트가 워낙 일찍 진급한 탓에 두 사람의 나이는 같았다.

그러나 그것 외에는 아렌트와 애쉬는 닮은 구석이라곤 하나도 없었다. 키도 애쉬가 좀 더 컸고, 덩치 역시 더 거대했다. 멀리서 보아도 실루엣으로 충분히 구분 가능할 정도였다.

하지만 타인이 보기에는 그게 아닌 모양이었다.

아렌트가 착용하던 제복을 입었다는 것만으로 애쉬는 본의 아니게 사람들을 놀래키고 있었다.

그만큼 견습 기사 시절 아렌트의 인상이 사람들의 뇌리에 강렬히 박힌 것이다.

"꿍차."

손에 들고 있던 마지막 쿠키를 입에 쏙 넣은 아렌트가

몸을 일으켰다.

"견습 주제에 쫑알쫑알 말이 많네. 나로 착각당하면 영광인 줄 알아야지, 뭐 그렇게 불평불만이야? 경멸도 관심인 거 몰라?"

"그런 관심은 별로 받고 싶지 않단 말입니다!"

울상으로 외치는 애쉬를 보며 아렌트가 쯧 혀를 찼다.

"하여튼, 나약하긴. 뭐. 떠오르는 방법이 없는 것도 아니다만."

"예? 정말입니까?"

"어어."

가볍게 고개를 끄덕인 아렌트가 짧게 말했다.

"한동안 내 뒤만 졸졸 따라다니는 거야. 같이 다니는 모습이 사람들의 눈에 익숙해진다면, 헷갈릴 일도 없겠지."

"……!"

"어때? 다른 선배들한테는 내가 직접 지도한다고 말해두고. 싫으면 관둬."

그럴듯한 말에 애쉬의 눈에 반짝 생기가 돌았다.

"부탁드립니다!"

"그래. 그럼 이따 저녁에 시내 순찰이나 같이 가든지. 그리고 과자 얻어와. 입 심심해."

자세를 고쳐 앉은 아렌트가 다시 책을 잡았다.

애쉬는 아렌트가 떠넘긴 과자 바구니를 들고 터덜터덜 주방으로 향할 수밖에 없었다.

어느 견습 기사의 유쾌한 하루 〈195〉

한편.

그 광경을 고스란히 지켜보던 아서가 떨떠름하게 중얼거렸다.

"……불쌍한 애쉬."

"내버려둬. 아직 체감을 못 한 듯하니, 몸으로 겪다 보면 깨닫는 게 있겠지."

리히트 역시 안타깝다는 시선을 보내면서도 그렇게 말했다.

아서가 물었다.

"선배님, 저녁에 시간 괜찮으십니까?"

"없어도 만들어야 할 것 같지 않나?"

리히트가 조용히 대답했다.

아렌트를 말리는 것보다 차라리 뒷수습에 같이 임하는 편이 더 빠를 것이다.

* * *

그날 저녁.

"……선배님."

한참 동안 고민하던 애쉬가 버벅대며 말했다.

"순찰이라면서요?"

"이것도 어엿한 순찰이지."

그렇게 말하는 아렌트는 사복 차림이었다.

애쉬 역시 마찬가지였다. 평소처럼 제복 차림으로 순찰에 임하려던 애쉬를, 아렌트가 사복으로 환복시킨 거였다.

"난 오늘 비번이야. 잊었어? 비번일에 업무 외 시내 순찰을 한다는 건 즉……."

"……그냥 산책 아닙니까?"

"정답."

아렌트가 담백하게 고개를 끄덕여 주었다.

"하아아아……."

한숨을 터뜨린 애쉬가 어깨를 축 늘어뜨렸다. 아렌트는 그의 입에 쿠키를 하나 쑤셔 넣어 주었다.

"읍."

"불평하지 말고 따라오기나 해."

아렌트는 느긋하게 밤거리를 따라 걷기 시작했다. 애쉬 역시 입맛에 맞지도 않은 달달한 과자를 우물대며 터덜터덜 그의 뒤를 따를 수밖에 없었다.

전쟁의 후유증으로 다리를 절게 된 그와 보폭을 맞추자니, 의도치 않게 애쉬의 걸음도 느려졌다.

아렌트의 조금 뒤에서 걸으며 애쉬는 불퉁하게 그의 옆모습을 지켜보았다.

'도대체 무슨 생각을 하시는지 알 수가 있어야지.'

본인이 늘 말하는 것처럼 굉장한 미형의 얼굴에서는 어떤 표정도 찾아볼 수 없었다. 그저 붐비는 번화가를 무심하게 구경하기만 하는 것 같기도 했다.

애쉬 역시 그를 따라 주변으로 시선을 옮겼다.

'분명 폐허였는데…….'

전쟁 직후 망가졌던 모습은 더 이상 찾아볼 수 없었다. 황실과 민간이 연계해 최대한 빠르게 전쟁의 상흔을 지워 낸 덕분이었다.

아직도 곳곳에는 거친 전투의 흔적이 남아 있었지만, 적어도 번화가는 예전 모습과 크게 다르지 않은 모습이 되었다.

'한 가지 차이점을 꼽자면.'

어딜 가나 눈에 띄던 루체 신상이 보이지 않게 되었다는 점이었다.

사실 전쟁 전후의 가장 큰 차이점이라면 그것이었다. 제국 수도 사람들은 마치 전쟁의 끔찍한 기억을 빨리 잊고 싶기라도 한 듯 루체의 흔적을 하나둘 없애 나갔다.

물론 아직까지도 반발하는 자들은 많았지만.

"그나저나……."

"예?"

문득 들려온 아렌트의 목소리가 상념에 잠긴 애쉬를 현실로 돌려놓았다.

"넌 왜 이 꼴통 기사단에 들어온 건데?"

"예? 갑자기 무슨 말씀이신지……. 전쟁에서 가장 큰 공을 세운 3기사단에 들어오고 싶어 하지 않는 기사 지

망생은 없습니다."

"그렇게 좋은 이야기만 돌지는 않을 것 같은데."

아렌트가 고개만 살짝 돌려 애쉬를 보았다.

"성검의 영웅이 이끄는 기사단인 주제에, 루체를 황좌에서 끌어내렸잖아. 그쪽에 대한 불만도 이만저만이 아니지 않아?"

"하하……. 신을 끌어내리는 데 가장 앞장선 분께 그런 말을 들으니 뭔가 묘한데요. 라이오스 단장님을 설득하신 게 바로 아렌트 경이시잖습니까."

애쉬가 어색한 웃음을 터뜨리자, 아렌트가 어깨를 으쓱였다.

"본인이니까 말하는 거 아니겠어?"

"그것도 그렇습니다만."

잠깐 뜸을 들이던 애쉬가 입을 열었다.

"확실히 할아버님과 아버님은 반발이 심하셨습니다. 두 분은 신심이 깊으신 분들이라."

"흐음."

아렌트는 무심하게 고개를 기울였다.

"그런데 어쩌자고 3기사단을? 루체교 사람들한테 우리는 배교자 그 이상도 아닐 텐데."

"그……."

이번에도 애쉬는 잠깐 망설였다. 하지만 그것도 잠시, 그는 머쓱하게 제 뺨을 긁적이며 운을 뗐다.

"독실하신 건 저희 아버님 대까지입니다. 저와는 관련 없는 일이고……. 루체 님의 선택까지 받은 라이오스 단장님마저도 등을 돌리신 건 물론 충격이었지만."

"그런데?"

"결국 루체 님이 내치시기까지 했는데, 여러분은 훌륭하게 제국을 구해 내 보이셨잖습니까. 그 점에 감화가 되어서……."

애쉬가 쑥스럽게 웃었다.

"전쟁 당시에는 아카데미를 졸업하고 기사가 되기 위해서 영지에서 수련 중이었거든요. 라이오스 단장님과 아렌트 선배님의 활약상은 똑똑하게 전해 들었습니다. 결국 루체 님으로부터 등을 돌리신 것도 전부 다 민중을 위해서였으니까요."

"호오."

"라이오스 단장님과 아렌트 선배님의 진정성은 이미 전쟁으로 증명되었으니까요. 아버지와 할아버님껜 좀 죄송한 말씀이지만, 저는 루체 님보다 두 분의 신의가 더 가까이 있다고 생각했습니다. 그래서 3기사단에 지원하게 된 것이고요."

아렌트는 건성으로 고개를 끄덕였다.

"그렇다면……. 적어도 뒤통수칠 염려는 안 해도 되겠군."

"예?"

뜬금없는 말에 애쉬가 눈을 동그랗게 떴다. 대화에 집중하다 보니, 어느새 두 사람은 번화가에서도 꽤 으슥한 뒷골목까지 다다라 있었다.

"잠깐……. 아렌트 선배님, 여기는……?"

"요새도 영 귀찮은 것들이 따라붙어서 말이야."

우뚝 걸음을 멈춘 아렌트가 어깨를 빙글빙글 돌리기 시작했다.

"넌 수련 좀 더 해야겠다. 기사란 녀석이 그렇게까지 기감이 둔하다니."

"예?"

멍청히 되묻던 애쉬는 그제야 위화감을 깨달았다.

어딘가에 몸을 숨기고 이쪽을 지켜보는 시선들이 있었다.

한 명, 두 명…….

최소한 열다섯.

애쉬의 얼굴이 새파랗게 질렸다.

"습격?"

"혼자 하려니 좀 귀찮았는데, 마침 네가 바보 같이 말을 걸어 오기에."

그림자 속에서 하나둘 괴한들이 모습을 드러내기 시작했다. 그런 와중에도 아렌트는 그저 태평하기만 했다.

"최근에 웬 수상쩍은 놈들이 수도로 들어왔다고, 칸 연합 쪽에서 소식이 들어와서 말이야."

얼굴이 창백해지는 애쉬를 등 뒤에 두고, 아렌트가 씨익 입꼬리를 비틀었다.

"이 새끼들이 내가 예전 같지 않다고 아주 만만하게 보는 모양이더라고."

"……."

스릉.

어둠 속에서 모습을 드러낸 괴한들이 제각기 무기를 뽑아 들기 시작했다.

"루체 님을 배신한 불경한 놈."

"루체 님께 목숨까지 빚진 주제에……."

적들이 슬금슬금 두 사람을 포위해 오기 시작했다. 당황한 애쉬가 아렌트를 돌아보았다.

"아, 아, 아렌트 선배님?"

"설마 이런 떨거지들 상대로 쫀 건 아니겠지, 애쉬?"

스릉.

아렌트 역시 검을 뽑았다. 애쉬의 얼굴이 백지장처럼 새하얗게 질렸다.

"아, 아니! 그건 아니지만! 황실 기사단의 사사로운 싸움은 금지……!"

"그런 거 다 지켰으면 나나 네 다른 선배들은 지금쯤 루체와 면담하고 있었을걸."

아렌트 폰 에크하르트.

괜히 황실의 제일가는 꼴통이 아니었다.

적들의 우두머리가 호령했다.

"붙잡아라!"

"와아아아!"

그리고 기다렸다는 듯이 적들이 한꺼번에 달려들기 시작했다. 아렌트는 짐짓 즐거운 미소까지 드리우며, 기꺼이 그 도전에 응했다.

"선배니이이임!"

결국 애쉬 역시 울상을 지으면서도 현장에 뛰어들 수밖에 없었다.

* * *

진짜 이래도 되나?

아렌트를 따라 주먹질을 해대면서도 애쉬는 의문을 품을 수밖에 없었다.

정말로? 진짜 이래도 되나? 기사인데?

하지만 그런 상념이 떠오를 때면…….

"굼떠서 못 봐 주겠네. 좀 더 재미있게 움직일 수는 없나? 우리 신입이 보고 있잖아."

악당보다 더 악당 같은 대사를 내뱉는 아렌트 때문에 정신이 재차 혼미해지곤 했다.

전쟁 당시에는 빠른 움직임과 날랜 몸으로 전장을 누볐다고 하는 그였지만, 지금은 움직임에 제약이 있는 상황이었다.

하지만 고작 그 정도는 아렌트에게 전혀 문제가 되지 않는 듯했다.

'저 사람 진짜 미친 거 아냐?'

절로 그런 생각이 드는 움직임이었다.

아렌트는 처음 전투를 시작한 자리에서 거의 움직이지 않았다.

아슬아슬하게 검이 머리 바로 옆을 스쳐 지나가도 눈 하나 깜박이지 않았다.

고개를 살짝 비트는 것으로 검로를 손쉽게 피한 아렌트는 방심한 적의 허점을 검집으로 후려쳤다.

뻐어억!

"크아아악!"

그러면 순식간에 폭도 한 명이 제압당해 있곤 했다.

마치 잘 절제된 춤을 추는 것 같은 움직임이었다.

퍼억!

성한 다리를 지지대 삼아 몸을 빙글 돌린 아렌트는 적의 옆구리를 검 손잡이로 찔렀다.

"컥!"

그러고는 외마디 비명을 지르며 몸을 숙인 적의 뒤통수를 검집으로 강하게 내려쳤다.

콰아앙!

자욱한 먼지가 일며 큰 덩치의 적이 쓰러졌다. 마지막

으로 애쉬에게 덤벼들던 놈이 명치를 직격당해 기절하는 것으로 짧은 전투는 마무리되었다.

"쯧. 하여튼 덜떨어진 것들은 하는 짓도 한결같아."

장갑 낀 손을 탁탁 털며 아렌트가 투덜거렸다. 방금 그 소동에도 땀방울 하나 나지 않은 모습이었다.

겁도 없이 황실 기사단을 덮치려 한 얼간이들은 전원 바닥을 뒹굴며 신음하고 있었다.

"선, 선배님. 이게 어떻게 된 겁니까?"

"아까 말했잖아. 칸 연합에서 소식이 들어왔다고."

아렌트가 어깨를 으쓱였다.

"그래서 좀 손봐 줄 목적으로 소문을 냈거든? 내가 전쟁 중에 아주 중상을 입어서 더 이상 싸울 상태가 아니라고."

"……."

"기사직은 명예일 뿐이지, 사실상 전투 인력에서는 제외당한 상태다……. 뭐 이 정도. 나한테 가벼운 후유증이 남았다는 거야 유명한 사실이잖아. 그 정도 떡밥을 뿌리니 금세 물더군."

차마 할 말이 없었다.

일부러 적들이 방심해서 습격하도록, 자기 자신을 미끼로 건 것과 다르지 않은 행태였다.

'전쟁 중에도 이런 작태였나…….'

애쉬는 아연해지고 말았다.

"선배는 진짜……."

"멋지다고?"

"제정신이 아니에요."

"칭찬 감사."

뻔뻔하기 그지없는 대꾸에 애쉬는 재차 할 말을 잃어버리고 말았다.

라이오스 단장이 아렌트를 가둬 두기 위해 따로 별장까지 마련해 뒀다는 소문을 들은 적 있었는데, 그 까닭을 설마 이런 식으로 몸소 체험할 줄이야.

"어쨌든, 이제 너도 공범이다."

"……네?"

뜬금없는 말에 애쉬가 퍼뜩 정신을 차렸다. 어느새 아렌트가 그를 똑바로 바라보고 있었다.

"너도 공범이라고. 신나서 두들겨 패는 거 다 봤어."

"……."

순간 부정하지 못한 자신이 진심으로 싫어진 애쉬였다. 제 안의 사고뭉치 기질을 깨닫고는 절망해 머리를 감싸 쥔 애쉬에게, 아렌트가 씨익 웃어 주었다.

"그리고 네 역할은 지금부터 시작이야."

"네?"

"이제부터 방해꾼이 올 거라."

그 한마디가 떨어진 순간.

"이 사고뭉치 녀석들아!"

아서의 벼락같은 고함이 터져 나왔다.

아렌트가 것 보라는 듯 어깨를 끄덕이자마자, 골목 저편에서 아서와 리히트가 뛰어 들어오는 것이 보였다.

널브러진 폭도들을 확인한 리히트가 황당하게 중얼거렸다.

"나 참, 어처구니가 없군. 무슨 꿍꿍이를 꾸미나 했더니……! 설마 애쉬 너마저……."

"히이이익!"

범죄 현장을 들킨 애쉬는 저도 모르게 뒤로 한 걸음 물러서고 말았다. 그러자 아렌트가 씨익 웃으며 그의 어깨를 툭 쳤다.

"뭐 해? 나 부축 안 하고."

"네?"

"잡히면 잔소리가 장난 아닐걸. 빨리 튀어야지."

아렌트는 뻔뻔하게 애쉬를 향해 제 팔을 내밀었다.

"이러려고 널 데려온 거거든. 아까 과자 먹여 줬으니 그 값은 해."

"하, 하지만! 그건 선배님이 멋대로 제 입에 쑤셔 넣은 거잖습니까?"

"시끄러. 순순히 받아먹은 주제에 말이 많네."

"아니……! 그런 게 어딨…….."

애쉬가 뭐라 항변하려는 찰나, 리히트와 아서가 이를 북북 갈며 달려오기 시작했다.

"너희들 거기 꼼짝 말고 있어라!"

"애쉬, 너 도망치면 다음 훈련 때 가만 안 둘 줄 알아!"

바로 옆에서는 아렌트가.

그리고 정면에서는 무시무시한 두 선배.

양쪽에서 옥죄어 오는 압박에 애쉬의 머릿속이 새하얗게 탈색됐다.

"뭐 해? 안 튀고."

"거기 꼼짝 말고 있어!"

아렌트의 느긋한 목소리와 아서의 외침. 식은땀을 뻘뻘 흘리던 애쉬는 결국 결단을 내리고 말았다.

아렌트가 내민 팔을 붙잡은 것이다.

"죄송합니다, 아서 선배님! 리히트 선배님!"

"아앗! 도망칩니다!"

"아서, 저쪽으로 가라! 놓치지 마!"

리히트의 명령에 아서가 급선회했다. 그러는 사이 애쉬는 아렌트를 한 팔로 들다시피 하고 훌쩍 담을 넘었다.

"뭐야, 선배님은 또 왜 이렇게 가벼워요!"

번쩍 들리는 무게감에 애쉬가 기겁하자 아렌트가 뿌듯하게 말했다.

"이럴 때를 대비해 체중을 줄였거든."

"진짜 미친 사람 아니야?"

애쉬가 기겁하건 말건, 아렌트는 그의 정강이를 걷어차며 재촉했다.

"저기 건물 위로 올라가. 지붕 위에 숨자."
"저는 말이 아닙니다! 걷어차지 마십쇼!"
"말이나 드래곤이나 후배나. 이동 수단인 건 똑같아."
"그게 도대체 무슨 말씀이십니까, 선배니이임!"

도대체 몇 번째인지 모를 절규를 하면서도 애쉬는 아렌트가 시키는 대로 지붕을 향해 몸을 날렸다. 한발 먼저 사뿐히 착지한 아렌트는 애쉬를 돌아보았다.

"절대로 안 들킬 루트를 알고 있지. 따라와."
"하아······."

애쉬는 한숨을 푹푹 내쉬면서도 그의 뒤를 따라 움직일 수밖에 없었다.

* * *

아렌트는 위태로운 걸음걸이로 잘도 지붕 위에서 중심을 잡고 걸어갔다. 애쉬는 조마조마한 마음으로 그의 뒤를 따랐다.

어느새 아서와 리히트의 모습은커녕 목소리조차도 들리지 않게 되었다.

"이쯤 왔으면 됐나."

그제야 아렌트 역시 지붕을 따라 걷던 걸음을 멈췄다. 번화가에서 상당히 멀어졌는지 주변은 그저 고요하기만 했다. 애쉬가 어리둥절하게 주변을 둘러보았다.

"선배님, 여기는……."

"뒷골목 불량배 놈들한테 빼앗은 아지트. 사람이 잘 안 다니니까 이쪽에 자주 모인다고들 하더라. 이 집들도 거의 다 비었고. 전쟁 때 피난 갔다가 돌아오지 않은 사람들의 거라 하더라고."

"……."

애쉬는 그냥 이해하는 것을 포기하기로 마음먹었다. 그러거나 말거나, 아렌트는 적당한 곳을 찾아 그 자리에 퍼질러 앉아 버렸다.

"너도 앉아."

"네에……."

슬금슬금 다가간 애쉬는 자포자기하고 그의 옆에 털썩 주저앉았다.

시원한 바람이 불어와 그의 이마에 촉촉하게 배어 나온 식은땀을 식혀 주었다.

"후우……."

저도 모르게 깊은 한숨을 내쉬었다. 그를 힐끗 곁눈질한 아렌트가 입을 열었다.

"뭐 이런 꼴통이 다 있냐고 말하고 싶은 얼굴인데."

"……정확하십니다, 선배님."

"나도 딱히 부정하지는 않는다만."

아렌트가 피식 가벼운 웃음을 터뜨렸다.

"솔직히……. 재미있지 않나?"

"……."
순간 애쉬는 넋을 잃어버리고 말았다.
늘 차가운 낯에 스쳐 지나간 낯선 미소 때문이었다.
아렌트는 미소를 지우지 않고 밤하늘을 올려다보았다.
"사람 골탕 먹이는 게 생각보다 재밌는 일이거든."
"……."
그를 홀린 듯이 바라보던 애쉬가 멍청히 고개를 끄덕였다.
"그러게요."
"……물어본 내가 말하는 것도 뭣하지만 말이야. 진심이냐?"
"아?"
그제야 문제를 깨달은 애쉬가 얼빠진 소리를 냈다. 어느새 아렌트는 그를 향해 어처구니없다는 시선을 보내고 있었다.
"나도 난데, 너도 어지간히 사고뭉치 기질을 타고났나 보네."
"아니, 아니, 그러니까……!"
"뭐, 네 고민도 조만간 해결될 거야."
아렌트가 다시 씨익 장난스러운 미소를 지었다.
"네?"
애쉬는 다시 멍청히 되묻고 말았다. 그러고 보니 완전히 잊고 있었다. 오늘 자신은 아렌트에게 약간의 투덜거림을 담은 고민 상담을 했었다.

"사람들이 나로 헷갈려서 자꾸 흠칫흠칫한다며?"

"아."

"그리고 난 나름대로 해결 방안을 하나 제시해 줬고."

그 내용인즉슨…….

"……선배님만큼 사고를 치라고요?"

"오늘도 봐. 같이 쳤잖아."

"네?"

순간 애쉬는 피가 차갑게 식는 것을 느꼈다.

아렌트가 낄낄 웃으며 지붕 위에 길게 드러누워 버렸다.

"너도 이제 꼴통이야."

"네에? 하지만 오늘은 선배님한테 끌려 나왔을 뿐인데……!"

애쉬가 기겁하자 팔베개를 하고 누운 아렌트가 느긋하게 대꾸했다.

"재미있었다며? 그럼 끝이지."

"하지만……."

"하지만이고 뭐고. 너도 공범이야."

눈동자만을 치떠 애쉬를 본 아렌트가 짧게 물었다.

"왜. 싫냐?"

"아니, 그건……."

아니지만.

하마터면 입 밖으로 꺼낼 뻔한 말을, 애쉬는 가까스로

삼켜냈다.

  일탈의 희열은 젊은이로서는 차마 거부할 수 없는 매력을 가지고 있었다.

  눈앞의 저 망할 선배가 그렇듯이.

"적당히 시간 죽이다가 들어가자."

"네엡."

  복잡한 마음을 끌어안고, 애쉬는 아렌트의 옆에 쪼그리고 앉았다.

  잠깐 자연스러운 침묵이 두 사람 사이에 자리 잡았다.

  딱 좋게 기분 좋은 바람이 불어와 머리카락을 흐트러 놓았다.

  하지만 그 평화는 오래 가지 않았다.

"아."

  갑자기 아렌트가 벌떡 상체를 일으킨 탓이었다.

  불길한 낌새라도 차린 동물처럼, 아렌트는 급하게 주변을 둘러보기 시작했다.

"선배님?"

  의아해진 애쉬가 그를 부르려는 찰나.

"친목을 다지는 중에 참으로 미안하다만."

  섬뜩한 목소리가 바로 등 뒤에서 들려왔다.

"흐아아아악!

  하마터면 애쉬는 균형을 잃고 지붕에서 굴러떨어질 뻔 했다.

불쑥 뻗어 나온 손아귀가 애쉬와, 막 도망치려 하던 아렌트의 뒷덜미를 움켜잡았다.

"애쉬. 왜 너까지 이러는 거지?"

"……."

온갖 울화와 분통, 그리고 심란함을 꾹꾹 눌러 담은 목소리는 다름 아닌 라이오스 단장의 것이었다.

"다, 다, 단, 단장님!"

"하여튼, 귀신같은 사람."

소스라치는 애쉬와는 달리, 뒷덜미를 꽉 붙들린 아렌트는 태평하게 볼멘소리를 낼 뿐이었다.

"후배 녀석한테 가르침을 주고 있었잖아요. 뭐 문제라도 있습니까?"

라이오스의 입에서 커다란 한숨 소리가 터져 나왔다.

"하아아아……. 제발, 내가 몇 번을 말해. 함부로 사람을 패지 마라. 아니, 단독 행동을 하기 전에 최소한 보고라도 해라, 제발! 부탁이니까!"

"그러면 재미없잖습니까."

"……."

라이오스는 애쉬를 붙잡은 손을 놓았다. 그러고는 여전히 단단히 붙들린 상태인 아렌트의 머리에 꿀밤을 놓았다.

따악!

"아야!"

"애쉬. 너도……. 하아. 아니다. 됐다."

라이오스는 온갖 말을 꿀꺽 삼키고 한숨으로 대신했다.

"너희들이 두들겨 패놓은 놈들은 아서랑 리히트가 구속했다. 너희는 복귀해서 아주 혼날 줄 알아라."

"예에……. 죄송합니다."

애쉬가 어깨를 축 늘어뜨렸다.

"따라와."

라이오스는 아렌트를 붙잡은 채 훌쩍 지붕 아래로 뛰어내렸다.

짧은 숨바꼭질이 순식간에 끝나는 순간이었다. 애쉬는 한숨을 푹푹 삼키며 그의 뒤를 따랐다.

순간, 아렌트가 뒤를 돌아보며 애쉬와 눈을 마주쳤다.

"……!"

씨익 장난스레 웃는 모습이, 마치 아까 했던 질문을 되풀이하는 것 같았다.

재미있었지?

라고.

한동안 어떤 표정을 지을지 몰라 망설이던 애쉬는, 결국 힘 빠진 미소를 터뜨리고 말았다.

그리고 꼭 한 달 뒤.

견습 기사 제복이 상징하는 바가 '걸어 다니는 재앙'에서, '걸어 다니는 재앙의 추종자'로 바뀌게 되었다.

외전 2장. 3기사단 곰돌이 수색 작전

3기사단 곰돌이 수색 작전

"요즘은 좀 어떠십니까, 대신관님?"
잘 썬 스테이크를 입에 쏙 넣으며 아렌트가 물었다.
"아, 이젠 대신관님보다는 관장님인가."
"어느 쪽이든 상관없지요. 잘 지내고 있답니다. 아렌트 경 덕분에요."
그의 맞은편에 앉은 루미엘이 희게 미소 지었다. 그녀의 앞에도 먹음직한 요리가 푸짐하게 놓여 있었다.
오랜만의 휴일이었다.
하늘은 청명했고, 바람이 살랑살랑 부는 어느 좋은 날.
아렌트와 루미엘은 칸타레스의 아지트이자, 어느새 두 사람의 단골 식당이 된 로렌스의 가게 양지바른 자리에 마주 앉아 있었다.

"말썽꾸러기들을 교화시키는 일도 맡으셨다면서요? 그냥 그런 놈들은 황실에 맡겨 버리시지."

"아무리 말썽쟁이라고 한들, 아렌트 경에 비할까요. 괜찮습니다. 힘들지 않아요."

루미엘이 포크를 내려놓으며 미소 지었다.

"그리고 제 주 업무는 전쟁 사후 처리와 그 피해자들의 구제니까요. 원래 하던 일과 크게 다르지 않은 데다, 예전부터 함께하던 이들이 일손이 되어 주니……. 일하기 아주 편하답니다."

루미엘의 배려로, 전쟁통에 신성력을 잃은 신관들은 복지관에서 일을 할 수 있게 되었다. 더 이상 신성력을 쓸 수 없게 되어 망연자실하던 신관들은 대부분 루미엘의 제안을 기꺼이 받아들였다.

아렌트가 감자튀김을 찍은 포크를 휘휘 내저었다.

"그 덜떨어진 것들, 괜히 관장님 고생만 안 시키면 다행이죠. 행정 업무는 제대로 할 줄 알아요?"

"하하……. 다들 배운 대로 곧잘 한답니다. 걱정 마세요. 황실에서 보내 준 관리들도 있으니까요."

"관장님도 너무 무리해서 일하지는 마시고요."

퉁한 말 한마디에 녹아 있는 걱정을 읽어 낸 루미엘이 기쁘게 웃었다.

"제가 아렌트 경만큼 젊지는 못하지만, 아직 현역으로 일하기에 모자람 없답니다."

"그래도 연세를 생각하셔야죠. 몸에 좋은 것도 좀 챙겨 드시고."

아렌트를 바라보는 루미엘의 눈빛에 따스함이 녹아났다.

전쟁 전이나 지금이나 아렌트는 별로 변한 것이 없어 보였다. 하지만 굳이 하나 차이점을 꼽자면, 꾹꾹 눌러 담아 두었던 다정함을 이제는 억지로 숨기려 하지 않는다는 거였다.

'3기사단 분들이 들으시면 기함하시겠지만.'

여전히 온갖 사건 사고를 몰고 다닌다고 하니까.

하지만 적어도 루미엘이 보기에는 어린 청년, 그 이상 그 이하도 아니었다.

지금은 아렌트는 나름 대로의 여유를 찾은 듯한 모습이었다.

"많이 드세요, 아렌트 경. 저보다도 아렌트 경이 더 바쁘실 텐데 드시고 힘내셔야죠."

"저야 뭐, 바쁠 일도 딱히 없어요. 귀찮은 건 다 선배들 시키면 되고."

쿡쿡 웃는 그에게서 과거의 위태로운 모습은 더 이상 찾아볼 수 없었다.

"약간 맹하긴 하지만, 견습 녀석도 들어왔으니까. 그래서 여기서 이렇게 놀고 있는 것 아니겠어요?"

마치 뭔가를 훌훌 털어 버린 사람처럼.

그녀에게는 마냥 반가운 일일 수밖에 없었다.

　　　　　　＊　＊　＊

 루미엘과 헤어진 뒤, 아렌트는 느긋하게 생활관으로 복귀했다. 오늘은 간만의 휴일이니 책이나 읽으면서 보낼 생각이었다.
 하지만 막 생활관에 발을 들인 순간.
 "으아아아앙!"
 거창한 어린애 울음소리가 그를 맞이했다.
 그 순간 아렌트는 직감했다.
 "……느긋한 휴일은 개뿔."
 아무래도 오늘 역시 조용히 넘어가기란 그른 것 같았다.
 아니나 다를까, 생활관 로비에는 상당히 진풍경이 펼쳐져 있었다.
 가장 먼저 눈에 들어온 것은 누군가를 둘러싸고 와글와글 모인 기사들이었다. 어린애 울음소리는 아무래도 이 무리의 한가운데에서 들려온 것 같았다.
 "엄마아아아!"
 "어이쿠, 울지 마! 괜찮아!"
 "그래서 어머니 성함이 뭐라고?"
 "내 곰돌이이!"

"곰, 곰돌이?"

엉엉 울면서 횡설수설하는 꼬마를 둘러싸고, 기사들이 허둥대고 있었다.

"……하아."

한숨을 푹 내쉬자, 어쩔 줄을 모르고 있던 기사들이 한꺼번에 뒤를 돌아보았다.

아이와 가장 가까이에 서서 쩔쩔매던 글렌이 반색했다.

"아렌트! 너 마침 잘 왔다. 너 어린애들이랑 잘 통하지?"

"아닌데요."

아렌트가 정색하고 말했지만 아무도 들은 척도 하지 않았다. 결국 그는 라이더의 손에 질질 끌려 아이의 앞으로 끌려 들어가고 말았다.

"엄마아아아!"

"……."

이제 네 살쯤 되었을까. 어린 소년이 새빨개진 얼굴로 엉엉 울고 있었다. 아렌트가 옆에 있는 아서에게 물었다.

"어떻게 된 거예요?"

"길을 잃어버렸는지, 생활관 앞에서 울고 있더라고. 그래서 일단은 보호자를 찾아 줄 생각으로 데리고 들어왔는데……."

아서가 곤혹스러운 눈으로 아이를 보았다.

"보다시피 이 상태라. 도통 울음을 그치질 않네."

"못생긴 선배들이 둘러싸고 있으니 엉엉 울 수밖에요."

곧장 돌아온 밉살맞은 말에 아서가 울컥한 듯했다. 하지만 그가 뭐라 쏘아붙이기도 전, 아이의 울음소리가 더욱 커졌다.

"으아아아앙!"

"……어쩔 수 없지."

짧게 한숨을 내쉰 아렌트가 꼬마의 앞에 앉았다. 그러고는 애가 울건 말건, 차분하게 아이의 행색을 살피기 시작했다.

"귀족가 꼬맹이인가? 오늘 황궁에 무슨 행사라도 있어요?"

"전하께서 주최하신 다과회가 열린다고는 들었는데……. 아직 몇 시간 남았어."

"흐음."

잠깐 생각하던 아렌트가 꼬마의 어깨에 손을 턱 올렸다. 갑작스러운 손길에 아이가 눈물을 펑펑 쏟던 눈으로 아렌트를 보았다.

소년과 시선을 똑바로 맞춘 아렌트가 짧게 말했다.

"꼬마 도련님. 일단 뚝. 울음 그쳐."

평소처럼 퉁명스럽기 그지없는 한마디였다. 괜히 더 큰 울음보가 터지지나 않을까, 모두가 긴장한 찰나.

"흡……."

정말로 꼬마는 천천히 진정하기 시작했다. 보고도 믿기

지 않는 상황에 기사들이 눈을 휘둥그렇게 떴다.

"뭐, 뭐야? 우리가 달랠 때는 꿈쩍도 안 하더니……."

"원숭이처럼 둘러싸고 있으니 당연히 애가 더 울 수밖에요."

퉁바리를 준 아렌트가 다시 소년에게 시선을 주었다.

"엄마 잃어버렸지."

"……."

끄덕끄덕.

"그리고 곰 인형도 잃어버렸고."

"……응."

"응이 아니라, 네."

"네에.

아렌트의 차분한 물음에 아이가 고개를 주억거렸다. 아렌트는 주머니에서 손수건을 꺼내 눈물로 얼룩진 아이의 얼굴을 대강 닦아 주었다.

"엄마도, 곰돌이도 찾아 줄 테니 울지 말고."

"……."

"이럴 때는 엉엉 우는 게 아니라 주변 어른을 붙잡고 도와주세요, 라고 하는 거야. 알겠어?"

"……으응……."

"응이 아니라, 네."

"네에."

몇 마디 대화를 주고받으며 아이는 제법 진정된 듯 보

였다. 그제야 기사들은 안도의 한숨을 내쉴 수 있었다.

"이름은?"

"에드."

"……애칭 말고. 진짜 이름은? 성은 몰라?"

"에드……."

"좋아, 에드. 됐어."

아렌트는 빠르게 포기하고 화제를 전환했다.

"누구랑 같이 왔어?"

"엄마."

"집에서 황궁까지 어떻게 왔는지는 기억나?"

"마차."

에드의 대답에 아렌트가 간단하게 고개를 끄덕였다.

그렇다면 아이의 보호자를 찾는 건 그리 어렵지 않을 것 같았다.

"거기, 도움 안 되는 선배들 중 하나. 아무나 오늘 들어온 마차들 좀 조사해 봐요."

"귀족 방문객들 마차 위주로? 오늘 다과회에 참석할 사람 중 한 명이 데려온 꼬마일지도 모르니까?"

도움이 안 된다는 말에는 차마 반박을 못 하고, 라이더가 그렇게 물었다.

"네. 그중에 애를 잃어버린 집이 있는지 찾아보는 겁니다. 아마 쉽지는 않을 거예요."

"왜?"

"부모는 애를 잃어버린 줄 모르고 있을 가능성도 있어요. 만약 일하러 온 부모랑 같이 온 꼬맹이라면 더더욱. 황궁에서 정신없이 볼일을 보다가 애가 자리를 비운 줄도 모를 수도 있죠."

타당한 말이었다.

기사들이 찜찜한 얼굴로 고개를 끄덕였다.

"그건 그렇지."

"그럼, 저 기사 아저씨들이 다녀오는 동안……."

아렌트는 다시 시선을 에드 쪽으로 돌렸다.

"우리는 잃어버린 곰 인형이나 찾아볼까?"

"……."

눈물이 그렁그렁한 눈으로, 에드가 소심하게 고개를 끄덕였다.

그렇게 비번인 3기사단 단원들의 곰돌이 찾기 수색이 시작되었다.

* * *

"일단은 머리를 좀 써 봐요. 무턱대고 찾으러 다니는 건 시간 낭비밖에 안 될 테니까."

라이더와 글렌이 마차를 조사하러 나간 뒤.

에드에게 자신의 간식거리를 나눠 준 아렌트가 그렇게 말했다.

"꼬맹이가 보호자 손을 벗어나는 것도 그리 쉬운 일은 아니잖습니까. 제 생각엔 곰 인형을 먼저 잃어버리고, 그걸 찾겠답시고 혼자 일행에서 빠져나온 것 같은데……."

아렌트는 과자를 우물우물 먹는 꼬마 쪽을 고갯짓으로 가리켰다.

"일단 시종들한테 생활관 주변을 뒤져 보라고 해요. 누가 이미 주워서 보관 중일지도 모르니까 그것도 알아보고."

"……너 아까부터 아주 선배를 손가락 끝으로 부려 먹는다?"

아서의 불만 가득한 목소리에 아렌트가 곧장 눈을 치떴다.

"애를 달래지도 못하고 있던 사람들이 말이 많네."

"……."

결국 그렇게 기사 두 명이 더 차출되어 시종들을 찾으러 떠났다.

뭔가 소득이 있으면 곧장 연락할 수 있도록 통신용 수정구까지 동원되었다.

다리를 꼰 아렌트가 시큰둥하게 말을 이었다.

"그렇다면 남은 사람들은 일단 꼬마가 걸어왔을 법한 길을 되짚어 보죠."

"황궁이 좀 넓냐? 그걸 어떻게 알아?"

아서가 불퉁하게 대꾸하자 아렌트가 어깨를 으쓱였다.

"사람 많은 길은 아닐 겁니다. 안 그랬으면 우리 생활관까지는 오지도 않았겠죠. 중간에 누가 발견했을 테니까."

"그건……. 그러네."

기사들이 우물거리면서 고개를 끄덕였다. 아렌트는 어깨를 으쓱였다.

"혹시 알아요? 꼬마를 찾으러 다니는 사람들이 있을지. 우선은 꼬맹이 데리고 나가 보죠."

"휴우. 황금 같은 휴일에 이게 뭐 하는 짓인지."

누군가가 한숨을 푹푹 내쉬자, 아렌트가 뚱하니 말했다.

"애초에, 꼬맹이를 데리고 생활관에 들어오질 말았어야죠. 주변에 있는 시종한테 맡기거나 했으면 진즉 해결됐을 문제인데, 우리 관할로 끌고 들어온 건 선배들 아닙니까?"

"……."

"이래서, 멍청한 데는 약도 없다더니."

여전히 그들의 후배는 신랄하기만 했다. 쯧 혀를 찬 아렌트가 말을 이었다.

"어쨌든, 조막만 한 애가 걸어와 봤자 얼마나 왔겠습니까? 이 정도 말했으면 알아들었겠죠."

"그러니까……. 인적이 드물고, 꼬맹이가 도보로 이동할 만한 길에 생활관에서 멀지 않은 곳……."

아서가 아렌트의 말을 정리했다.

3기사단 곰돌이 수색 작전 〈229〉

"일단 거기부터 뒤져 보자는 말이지?"

"네엡. 아마 본궁으로 가는 길이 유력해요. 곰 인형이든, 애를 찾는 사람들이든."

고개를 대강 끄덕인 아렌트가 에드를 향해 말을 걸었다.

"꼬마야."

"응?"

과자에 열중하던 소년이 고개를 들었다. 아렌트는 아이를 향해 씨익 웃어 주었다.

"같이 나가자. 엄마랑 곰돌이, 둘 다 찾아 줄 테니까."

* * *

"어디로 왔는지 기억나?"

아서가 제 어깨 위에 목말 태운 에드에게 물었다. 한 손에 과자를 쥔 에드가 시무룩하게 고개를 내저었다.

"아니요……."

"아무래도 패닉 상태였을 테니까. 제대로 기억 못 할 가능성이 크죠."

곁에 선 아렌트가 느긋하게 말했다.

"그러면 일단은 돌아다녀 볼까요. 곰 인형은 언제 잃어버렸는지 기억하고?"

"음……."

에드가 눈을 데굴 굴렸다.

"엄마 잃어버리기 전이야? 아니면 잃어버리고 나서?"

"잃어버리구 나서……."

"좋아. 그런 식으로 하나씩 생각해 보는 거야."

아렌트가 가볍게 고개를 끄덕였다. 아서와 아렌트는 인적이 드문 산책로 쪽으로 걸음을 옮기기 시작했다.

"그나저나 넌 어째 애 다루는 게 익숙해 보인다? 너, 동생도 없잖아."

"제가 못하는 게 뭐가 있겠어요? 선배들이 바보 같은 거지."

아렌트가 뚱하니 대꾸했다.

죽어도 말 못 할 일이었다.

이수현이었던 시절 애들을 상대하는 아르바이트를 여럿 해 봐서 몸에 익은 것이라고는.

"그래……. 너 잘났다."

"제가 좀 잘났죠. 에드, 오는 길에 뭘 봤는지는 기억 안 나?"

구시렁대는 아서를 내버려두고, 아렌트가 자연스럽게 화제를 돌렸다. 다행히 아서 역시 더 캐묻지 않고 에드 쪽으로 시선을 돌렸다.

에드는 작은 머리로 열심히 고민하기 시작했다.

"예쁜 나무랑……. 물 나오는 거."

"물이라면 분수인가? 그럼 역시 정원을 가로질러 온 게 맞나보군."

아서가 고개를 끄덕이자, 아렌트가 맞장구쳤다.

"이 시간에 정원은 사람이 그리 많지 않으니까요. 본궁 쪽에서 생활관까지 오는 길에 아무도 안 마주쳤다고 생각하면……."

잠깐 생각하던 아렌트가 자연스럽게 방향을 잡았.

정원 산책로에서도 특히나 인적이 드문, 오솔길에 가까운 길이 하나 있었다.

"이쪽은 황자궁이랑 통하는 길 아닌가?"

"거긴 이제 거의 안 쓰잖습니까. 그래서 특별한 일 아니면 사용인들도 거의 안 드나들어요. 본궁이랑 이어진 길도 있고."

"아하……."

아서는 애매한 얼굴로 고개를 끄덕였다. 대충 납득은 했다는 뜻이었다.

두 사람은 인적이 거의 없는 길에 접어들었다.

"그렇다면 곰 인형은 이 샛길 어딘가에 있을 가능성이 제일 큰데."

"누가 주워 가지 않았더라면 그렇겠죠."

아서의 말에 아렌트가 맞장구쳤다. 누가 주워 갔더라도, 황궁 내의 유실물은 귀중하게 보관되어 있으니 금세 찾을 수 있을 것이다.

……분명, 기사단은 그렇게 생각했다.

하지만 그들이 정원을 다 돌았을 때도 문제의 그 곰 인형은 발견되지 않았다. 심지어는 시종들에게 알아보러 갔던 기사들에게서도.

-곰 인형 같은 유실물은 들어온 적 없다던데?

라는 통신이 들어왔다.

"……."

"……."

거기에 한술 더 떠서…….

-아직 다과회 시간까지는 좀 남아서, 들어온 마차가 없대. 다른 귀족 방문객들도 애를 데리고 온 사람은 없다나 봐.

글렌과 라이더 쪽에서도 이런 보고가 들어왔다.

아무래도 일이 생각만큼 쉽게 풀리지 않으려는 모양이었다.

제자리에 멈춰 선 아렌트가 끙 앓는 소리를 냈다.

"그럼 일단 귀족 집안 꼬마는 아니라는 건데."

"그렇다면 상인 집안 애일 가능성이 더 큰 거 아냐?"

아서가 다른 가능성을 제시했다. 통신구를 쥔 아렌트가 고개를 건성으로 끄덕였다.

"그러면 선배, 상인들 쪽을 알아봐요. 혹시 애가 없어지지 않았냐고."

하루에도 엄청난 물량이 오고 가는 황궁이었다. 그만큼 숱한 상단이 드나드는 곳이기도 했다.

―젠장, 이게 뭐 하는 짓인지. 알겠어.

짧게 투덜거린 글렌이 통신을 끊었다. 아서가 질린 표정을 지으며 말했다.

"애 부모가 상인이면, 진짜 아직 애가 없어진 것도 모를 수 있겠는데? 아직도 정신없이 일만 하고 있을 가능성이 크잖아."

"그러게요. 그러니 황궁이 조용하지. 우리는 곰 인형이나 찾아보죠."

"아!"

그때, 아서의 어깨 위에 있던 에드가 놀란 소리를 냈다.

"여기! 여기 본 적 있어요!"

"오?"

두 사람은 자연스레 걸음을 멈췄다. 아이의 작은 손은 길이 모이는 곳에 놓인 작은 분수대를 가리키고 있었다.

"좋아, 잘했어. 그럼 여기 왔을 때 곰 인형을 가지고 있었어?"

"우움……."

아렌트의 물음에 에드는 다시 심각하게 고민에 빠졌다. 그리고 한참 후. 에드가 애매하게 고개를 끄덕였다.

"있었던 것 같은데……."

"오."

두 기사의 입에서 동시에 탄성이 흘러나왔다.

"오는 길에 인형 같은 건 못 봤는데."

"그렇다면 이 근처에 있을 가능성이 크겠네요."

그렇게 말하며 아렌트가 주변을 둘러보려던 바로 그 순간.

바스락. 풀숲에서 작은 기척이 느껴졌다. 아렌트와 아서는 반사적으로 그쪽으로 고개를 돌렸고…….

"아."

누가 먼저랄 것도 없이, 얼빠진 소리를 터뜨리고 말았다.

정원의 조경용 수풀 틈에서, 엉망이 된 곰 인형이 애처로운 시선을 보내고 있었다. 그 위에는 커다란 발톱으로 사정없이 인형을 움켜쥔 커다란 매가 한 마리 있었다.

"으아아앙!"

너덜너덜해진 곰 인형을 알아본 에드가 곧장 울음을 터뜨렸다. 그 소리에 반응한 매가 곰 인형을 움켜쥔 채 푸드덕, 날아올랐다.

"뭐, 뭐야! 저런 게 왜 황궁을 돌아다녀?"

당황한 아서가 외치자, 아렌트 역시 얼떨떨하게 대꾸했다.

"발에 표식이 달려 있어요. 훈련용으로 들여온 매인 것 같은데……. 어디서 도망쳤나."

하지만 그것도 잠시. 퍼뜩 정신을 차린 아렌트가 아서의 등을 떠밀었다.

"아니, 이럴 때가 아니지. 빨리 뛰기나 해요!"

"어, 어어!"

아서는 아렌트에게 에드를 넘기고는 매의 뒤를 따라 달리기 시작했다.

에드를 넘겨받은 아렌트는 아서와 다른 방향으로 매를 쫓아 움직였다.

"혀엉, 내 곰돌이……!"

"울지 마, 괜찮으니까."

울먹이는 에드를 달래며, 아렌트는 눈으로 비상하는 매를 쫓았다. 한 가지 다행인 점은, 매가 황궁 밖이 아닌 내부를 향해 날아가고 있다는 점이었다.

아렌트는 품에서 통신구를 꺼내 연결했다.

"곰 인형 찾았는데, 황궁에서 키우는 매가 가지고 갔어요. 노닥거리는 사람들 있으면 빨리 매부터 쫓아요. 지금 본궁 쪽으로 가고 있으니까."

-뭐어어어?

바야흐로 황궁에는 장관이 펼쳐졌다. 어디선가 쏟아져 나온 3기사단이 고작 매 한 마리를 쫓아 추격전을 벌이기 시작한 거였다.

"야, 저놈 떨어뜨리면 안 되는 거지?"

"미쳤어요? 황궁에서 키우는 놈이라니까요! 곰 인형만 되찾으십쇼!"

누군가의 물음에 아서가 기겁하고 외쳤다.

"뭐야, 뭐야? 무슨 일이야?"

"매?"

놀란 사람들이 기사들을 돌아보았지만, 그들은 미처 남의 시선을 신경 쓸 틈이 없었다. 하늘 높이 날아오른 매는 마치 기사들을 놀리기라도 하는 것처럼 잡힐 듯 말 듯 하며 신나게 비행을 이어갔다.

"저 녀석이……!"

결국 참다 못한 아서가 강하게 지면을 박찼다. 그러고는 정원수를 발판 삼아 매를 향해 높이 도약했다. 하지만 아서의 손은 간발의 차로 허공을 휘적이고 말았다.

쿠우웅!

다시 착지한 아서가 매의 위치를 확인했다. 방금 일로 위협을 느낀 건지, 매는 어느새 손이 닿지 않는 곳까지 높이 날아올라 있었다.

"젠장!"

"아니, 구울은 잘도 썰어댔으면서 저런 새 한 마리 못 잡아요?"

어느새 그들과 합류한 아렌트가 타박을 놓았다. 울컥한 아서가 짜증스럽게 쏘아붙였다.

"시끄러, 이 자식아!"

웅성웅성.

갑작스러운 소동에 사람들이 모여들기 시작했다. 심지어는 본궁에서 업무를 보던 칸타레스마저도 창문 밖으로 고개를 내밀 지경이었다.

"저 녀석들 뭐 하냐……? 어째 하루도 조용할 날이 없어?"

"어?"

칸타레스를 따라 바깥 상황을 확인하던 제레온이 놀란 목소리를 냈다.

그의 시선은 아렌트의 어깨에 무동 타고 있는 어린아이에게 닿아 있었다.

"그러고 보니, 한 20분 전에 상단에서 애를 잃어버렸다는 연락을 받았거든요. 그런데 왜 아렌트 경이랑 같이 있을까요?"

"뭐?"

칸타레스는 더더욱 황당해지고 말았다. 제레온이 어색하게 웃었다.

"잃어버린 걸 알아차린 지도 얼마 안 됐고, 본궁에서만 찾고 있었는데……. 3기사단 생활관까지 혼자 걸어갔나 봅니다."

"혼자서 거기까진 어떻게 간 거야? 어린애가."

"그러게요. 어쨌든 저는 아이를 찾았다고 연락드리고 오겠습니다. 잠깐 자리를 비워도 될까요?"

"다녀와."

칸타레스의 허락이 떨어지자 제레온이 바쁜 걸음으로 집무실을 빠져나갔다. 헛웃음을 터뜨린 칸타레스는 아예 난간에 몸을 기대고 3기사단이 보이는 추태를 느긋하게 구경하기 시작했다.

"어째 하루도 조용할 날이 없어, 저 녀석들은."

* * *

매와 기사단의 추격전은 한참 동안이나 이어졌다. 오랜 추격전에 지친 건지, 매는 정원수의 높은 나뭇가지에 내려앉았다.

그때가 바로 기회였다.

"잡아!"

글렌의 호령에 기사단이 한꺼번에 나무 쪽으로 달려들었다. 바로 그때.

쐐애애액!

어디선가 날아든 돌이 매가 앉은 나뭇가지를 정확히 맞췄다.

따아악!

큰 소리에 놀란 매가 곰 인형을 놓치고 푸드덕 날아올랐다. 덕분에 가장 먼저 나무에 접근했던 글렌은 너덜너덜해진 인형을 양손으로 받아낼 수 있었다.

"뭐, 뭐야?"

"너희들……."

그때, 골이 아파 죽겠다는 목소리가 들려왔다. 그제야 퍼뜩 정신을 차린 기사단이 목소리가 들린 쪽으로 홱 고개를 돌렸다.

어느새 소란을 피우는 기사단 주변으로 구경꾼이 빽빽하게 모여들어 있었다. 그들 틈에서는 목소리의 주인, 라이오스가 창피해 죽겠다는 듯 한 손으로 이마를 짚은 채였다.

"다, 단장님……."

"……대충 뭘 하고 싶었는지는 알겠다만."

아서의 얼떨떨한 부름에 라이오스가 입을 열었다. 그의 시선이 아렌트와 함께 있는 꼬마와, 글렌에게 들린 곰 인형에 번갈아 닿았다.

"좀 조용하게 처리할 수 없나……? 도대체가, 내가 부끄러워서 살 수가 없군."

"아."

뒤늦게 기사단은 사람들의 눈길이 자신들에게 모여 있다는 사실을 알아차렸다.

광장을 둘러싼 구경꾼들은 쿡쿡 소리 죽여 웃기도 하고, 놀란 표정을 짓기도 했다. 그 대단하시다는 3기사단이 고작 곰 인형 하나로 저렇게까지 소란을 피웠다는 게 못내 우스운 듯했다.

"……!"

기사단의 얼굴이 순식간에 빨갛게 달아올랐다.

물론 그 중 아렌트만은 제외였다. 아렌트가 뻔뻔하게 어깨를 으쓱였다.

"어쩔 수 없었습니다. 선배들이 워낙 무능해서."

"넌 조용히 해라. 보나 마나 뻔해. 네가 주동해 놓고 슬쩍 뒤로 빠져 있었겠지."

라이오스의 서슬 퍼런 목소리에 아렌트도 입을 다물었다.

그때, 에드가 급하게 외쳤다.

"내 곰돌이!"

"응? 아."

멈칫한 글렌이 곰 인형을 가지고 에드에게 다가갔다.

"자. 곰돌이는 무사해."

"……."

글렌의 험악한 얼굴이 조금 무서운지, 에드가 멈칫했다. 하지만 그것도 잠시. 에드는 용기를 내 손을 뻗어 곰 인형을 품에 꼭 안았다.

기사단이 커다랗게 안도의 한숨을 내쉬는 찰나.

"에드!"

한 여자가 아이의 이름을 부르며 급하게 달려왔다. 여전히 아렌트의 어깨 위에 목말을 타고 있던 에드가 눈을 휘둥그렇게 떴다.

"엄마!"

아렌트가 바닥에 내려 주자, 에드는 뒤도 돌아보지 않고 곧장 엄마에게 달려가 포옥 안겼다.

"……일단 행동의 의도는 갸륵하다만. 이렇게까지 소란을 피우지 않아도 됐을 텐데."

모자의 상봉 장면을 지켜보던 라이오스가 관자놀이를 꾹꾹 짚었다.
 "너희들은 생활관으로 복귀해서 잠깐 나 좀 보지. 얘기 좀 하자, 이 철부지들아."
 "……."
 등골이 오싹해지는 한마디였다.
 "예……."
 기사들은 장난을 치다 걸린 어린아이처럼 어깨를 늘어뜨렸다. 그들을 지켜보던 구경꾼들 틈에서 작은 웃음소리가 흘러나왔다.

외전 3장. 막내 시종들의 외출

막내 시종들의 외출

"이번에는 루카인 왕국으로 가셨다더라."

점심 식사 시간 중, 시튼이 약간 풀죽은 목소리로 말했다. 그러자 로지가 곧장 울상을 지었다.

"벌써요? 돌아오신 지 얼마 되지도 않았잖아요."

"아렌트 경이야, 워낙 공사다망하신 분이니까."

그렇게 말하는 에녹 역시 약간 시무룩한 눈치였다. 벌써 아렌트의 얼굴을 보지 못한 지도 꽤 되었다. 시튼은 괜히 식사로 나온 샐러드를 푹푹 찌르며 한탄했다.

"잠깐 돌아오셨다 싶으면 또 바쁘신 눈치고…… 얼마 안 계셔서는 또 외국으로 파견을 나가시고."

물론 이해는 할 수 있었다.

전 대륙이 악신교와의 싸움으로 들썩이는 와중이었다.

그중에서도 칼리온 제국은 전쟁의 지휘관 위치에 있었고, 성검의 영웅 라이오스를 비롯한 3기사단은 최전선에서 적들을 막아 내는 제국의 방패였다.

그리고 자세히는 알 수 없지만 세 사람이 따르는 견습 기사 아렌트가 굉장히 중요한 위치에 있다는 것도 잘 알고 있었다.

하지만 그렇다고 해서 만나지 못하는 아쉬움이 사라지는 것은 아니었다.

입맛이 없어진 듯, 에녹이 힘 빠진 목소리로 중얼거렸다.

"저번에도 꽤 크게 다치셨다고 했지."

"이번에도 큰일이 벌어지려나. 걱정되는데."

시튼이 맞장구를 쳤다. 어디 멀리 다녀오기만 하면 온통 상처투성이가 되는 3기사단이었다. 특히 아렌트는 제 몸을 사리지 않는 편이었고.

일전에 라이오스 단장 대신 칼을 맞아 사경을 헤맨 뒤로, 세 사람은 아렌트의 부상 소식에 예민해질 수밖에 없었다.

잘못하다간 진짜 그가 목숨을 잃는 모습을 보게 될지도 모른다는 생각이 뇌리에 강하게 박힌 탓이었다.

아무도 그 말을 입 밖으로 꺼내진 않았지만, 그들은 서로가 같은 생각을 하고 있다는 사실도 잘 알고 있었다.

"……뭐 도와드릴 만한 건 없을까? 예전에는 심부름도

곧잘 시키셨는데."

시튼이 힘빠진 목소리로 중얼거리자 에녹이 위로하듯 말했다.

"요새는 그럴 여유도 없으신 것 같으니까."

"……이번에도 파견이 오래 걸리시려나요?"

식사를 마저 입에 넣으며 로지가 걱정스럽게 물었다. 에녹이 무겁게 고개를 끄덕였다.

"아무래도 그렇겠지? 이번에도 타국까지 가신 걸 보니 큰일 같은데."

"으음……."

시튼과 로지가 동시에 고민에 빠진 소리를 냈다. 그렇게 침묵이 흐르길 한참. 로지가 문득 고개를 들었다.

"……그러고 보니까요, 노이만 상단주님이 가끔씩 아렌트 경힌데 선물을 보내시던데."

"응? 그렇지."

에녹이 고개를 끄덕였다. 아렌트의 방으로 선물을 옮겨 놓는 일도 거의 세 사람이 거의 도맡아 하고 있었다.

시튼이 로지의 말을 받아 이었다.

"음, 우리도 뭔가 선물해 드릴 수 있지 않을까?"

"그쵸!"

단박에 로지가 눈을 반짝였다. 그러자 에녹이 난색을 표했다.

"하지만 그분은 귀족이시고…… 우리가 뭘 사다 드린

다고 해서 좋아하실까?"

"으으으음……."

미처 거기까지 생각하지 못했는지, 로지와 시튼이 다시 고민에 빠져들었다.

결국 그날 고민은 결론이 나지 않은 채 식사시간이 종료되어 버렸다.

그리고 며칠에 더 걸친 토론의 끝에…….

"아렌트 경께 받은 것도 많은데, 한 번쯤은 마음을 표시하고 싶어요!"

라는 로지의 강력한 어필 하, 세 사람 다 같이 휴가를 써서 번화가에 나가보자는 결론이 내려졌다.

* * *

오랜만의 외출이었다. 간만에 사복 차림으로 외출에 나선 세 사람은 곧장 번화가 쪽으로 걸음을 옮겼다.

"와아……! 오늘따라 특히 사람이 많은 것 같아요."

모자를 꼭 눌러쓰며 로지가 주변을 두리번거렸다.

"아마 곧 장이 서는 날이라서 그럴 거야. 장날에 맞춰서 나왔더라면 더 좋았을 텐데…… 그날은 아무래도 휴가를 내기 힘드니까."

"그렇구나."

시튼의 대답에 에녹이 고개를 끄덕였다. 그 역시 제법

흥미로운 눈으로 주변을 둘러보고 있었다. 황궁에 들어온 지 오래되지 않은 두 사람에게는 아직도 매일이 새로운 나날들이었다.

"그나저나 선물, 뭐 할지 생각해 두긴 했어? 로지."

"으음......"

시튼이 그렇게 묻자 로지가 애매한 표정을 지었다.

"사실 잘 모르겠어요. 아렌트 경은 뭘 좋아하시지?"

"과자."

"간식거리?"

단박에 에녹과 시튼에게서 답이 돌아왔다. 하지만 로지는 그 대답이 별로 마음에 들지 않는 눈치였다.

"하지만 간식은 이번에도 노이만 상단주님이 잔뜩 보내 주셨다고 아는데......"

"그건 그렇지. 세레온 보좌관님께서도 챙겨 주시는 걸로 알고. 게다가 파견에서 언제 돌아오실지 모르는데, 사칫하다간 상해 버릴 거야."

에녹 역시 로지의 말에 동의했다. 시튼이 거기에 한 마디를 더 얹었다.

"그리고 이왕이면 두고두고 요긴하게 사용하실 수 있는 거면 좋겠어."

"으음......"

다시 세 사람은 깊은 고민에 빠졌다. 제일 앞장서서 걸어가던 로지의 발걸음이 살짝 느려졌다.

"그럼 간식거리 말고. 아렌트 경이 좋아하시는 게 뭔지 아는 사람 있어요?"

"……."

이번에는 돌아오는 대답이 없었다. 정작 질문을 꺼낸 로지도 당장 떠오르는 게 없는 듯 입을 꾹 다물었다.

한참만에 에녹이 입을 열었다.

"……책? 자주 읽으시잖아."

"오……!"

두 사람이 동시에 눈을 반짝였다. 시튼이 고개를 끄덕였다.

"그러고 보니까 가끔 쉬실 때 소설책 같은 것도 자주 읽으시는 것 같았어."

다음 행선지가 자연스럽게 정해진 순간이었다.

* * *

번화가의 한 서점.

"그런데 있잖아."

빽빽하게 세워진 서가의 숲에서, 시튼이 문득 깨달았다는 듯 운을 뗐다.

"……어떤 책을 좋아하시지?"

"……."

이번에는 에녹과 로지가 입을 다물 차례였다. 아렌트가

책을 좋아한다는 걸 떠올린 것까지는 좋았다. 하지만 그가 어떤 종류의 책을 선호하는지까지는 세 사람이 알 수 없는 부분이었다.

에녹이 가까스로 한 가지 가설을 내어 놓았다.

"……기사 소설? 아렌트 경은 기사잖아."

"일을 그렇게 하시는데 책에서도 그런 걸 읽고 싶으시겠어?"

하지만 그건 시튼에게 단박에 반박당해 버렸다. 에녹이 다시금 더듬더듬 말했다.

"그, 그러면 역사서?"

"그것도 좀 아닐 것 같은데."

"연애 소설은 어때요?"

로지가 근처에 있던 책 한권을 뽑아 두 사람에게 보여주었다. 멋진 기사와 아름다운 아가씨가 손을 잡고 있는 그림이 그려진 표지였다.

에녹이 진지하게 말했다.

"아렌트 경이? 그런 걸?"

"……."

"그건 그냥 네 취향 아니야?"

이번에는 시튼이 어색하게 말했다.

시무룩해진 로지는 다시 책을 원래대로 돌려놓았다. 무수한 책들에 둘러싸인 세 사람은 다시 고민에 빠질 수밖에 없었다.

막내 시종들의 외출 〈251〉

시튼이 끙 앓는 소리를 냈다.

"애초에…… 아렌트 경은 책을 많이 가지고 계시잖아. 아무거나 샀다가 겹치는 거면 어떻게 해?"

"책을 자주 읽으신다고 해도, 뭘 좋아하시는지도 모르겠고."

뒤이어 에녹 역시 팔짱을 끼고 심각하게 중얼거렸다.

결국 책은 선물로서 적합하지 않다는 결론이 나온 셈이었다.

"하아아……."

세 사람은 어깨를 축 늘어뜨리고 한숨을 푹 내쉬었다.

터덜터덜 서점을 빠져나온 시종들은 다시 번화가를 걸을 수밖에 없었다.

로지가 자신 없게 말했다.

"예전에는 보석을 좋아하셨다고 얼핏 들었어요."

"하지만 요즘엔 보석은커녕 장신구도 거의 안 하시는데? 아렌트 경의 방에도 그런 건 안 보이잖아."

시튼의 말에 뒤이어 에녹이 현실을 꼬집어 주었다.

"애초에 우린 보석 같은 거 살 돈 없어. 그런 건 마음만 먹으면 원하시는 대로 쓸어담을 수 있으실 걸."

아렌트는 부자니까.

사치 부리는 성격은 아니었지만, 그가 돈이 많다는 사실을 모르는 사람은 이 제국에 아무도 없었다.

그에 비해 보석이나 장신구 등을 사기엔, 그들이 모을

수 있는 돈에는 한계가 있었다.

"그, 그럼 약? 많이 다치시잖아. 몸에 좋은 걸 많이 드시면 좀 더 기운이 나시지 않을까?"

"그런 걸 살 돈도 없어. 제대로 된 약재는 엄청나게 비싼 데다……."

에녹이 새롭게 꺼낸 말에 시튼이 고개를 내저었다.

"그런 건 다른 분들이 많이 챙겨 주시는 눈치더라고. 노이만 상단주님도 그렇고."

"음……."

결국 고민은 처음으로 되돌아가고 말았다.

시튼이 힘 빠진 목소리로 중얼거렸다.

"우리, 생각보다 아렌트 경에 대해서 아는 게 없구나."

차마 반박할 수 없는 말이었다. 선물을 고르는데 이렇게까지 퍼뜩 떠오르는 게 없을 줄은.

"하아아……."

세 사람이 동시에 한숨을 푹 내쉬었다.

하지만 그것도 잠시. 주먹을 꼭 쥔 로지가 심기일전해 말했다.

"일단은 좀 더 다녀 봐요! 우리 돈으로도 살 수 있는 게 있을지도 모르잖아요!"

"그, 그래."

"그래야지."

시튼과 에녹 역시 퍼뜩 정신을 차리고는 고개를 끄덕

였다.

하지만 뒤이어진 탐색에서도 별 수확을 얻을 수는 없었다.

만병통치약을 판다는 약방 앞에서 기웃대던 로지는 시튼과 에녹에게 반쯤 끌려 나오다시피 했고, 에녹이 무심코 집어 들었던 장신구는 세 사람의 석 달치 봉급을 모아야 겨우 살까말까 할 수 있는 가격이었다.

괜히 귀족들이 자주 드나든다는 보석 가게 앞에서 기웃대다가 다 같이 주인에게 내쫓기기도 했다.

결국 그들은 해가 다 저물어 갈때까지도 아무런 수확도 얻지 못했다.

"그냥 포기해야 하나……."

에녹이 한숨을 푹 내쉬었다.

기껏 힘을 내 보려던 로지 역시 이쯤 되니 의욕이 점점 상실되는 눈치였다.

"역시 주제넘은 짓이었을까요? 아렌트 경이 뭘 좋아하실지도 모르면서 괜히 선물을 해 드리자고 말해서……."

"아니야. 우리 셋 다 마음은 같으니까."

시튼이 로지를 위로했다.

하지만 여전히 답이 나오지 않는다는 것은 마찬가지였다. 가장 앞장서서 걷던 에녹이 우뚝 걸음을 멈췄다.

어느새 하늘은 어둑어둑해지고, 땅거미가 내려앉고 있었다.

"……오늘은 슬슬 돌아갈까?"

잠깐 하늘을 올려다보던 에녹이 그렇게 말했다. 두 사람은 조용히 고개를 끄덕이고 돌아섰다.

그렇게 다시 황궁으로 발걸음을 옮기려던 그 순간.

"저, 저기……."

소녀의 작은 목소리가 그들의 발걸음을 잡아챘다. 세 사람은 반사적으로 고개를 돌렸다.

행색이 남루한 여자아이가 세 사람을 올려다보고 있었다. 그녀의 손에 쥐어진 거의 다 빈 바구니 안에는 곱게 접힌 손수건들이 들어 있었다.

"그, 손, 손수건 안 필요하세요……?"

여자아이는 소심하게 말하면서 세 사람을 향해 손수건을 내밀어 보여 주었다.

끄트머리에 소박한 꽃무늬 자수가 새겨진, 어디에서나 찾아볼 수 있는 그런 물건이었다.

"그, 어머니가 집에서 직접 자수를 놓았어요. 혹시 안 필요하세요……?"

하지만 어째서인지, 세 사람은 작게 우물거리는 소녀가 내민 손수건에서 눈을 뗄 수가 없었다.

"……혼자 나온 거야? 부모님은?"

에녹이 조심스럽게 묻자 소녀가 시선을 아래로 떨어뜨렸다.

"네. 혼자 왔어요. 어머니는 병 때문에 못 움직이시고……

생계로 할 수 있는 게 이것밖에 없어서……."

그렇게 말하면서도 소녀는 부끄러운듯 몸을 잔뜩 움츠렸다. 세 사람은 잠깐 침묵했다.

동시에 똑같은 생각을 떠올린 탓이었다.

시튼이 뭔가에 홀리기라도 한 듯 중얼거렸다.

"곁에 두고 요긴하게 사용할 수 있고……."

"오래 보관할 수도 있지 않을까요? 우리 돈으로도 충분히 살 수 있을 것 같은데."

로지 역시 고개를 끄덕였다. 에녹도 크게 반대하려는 눈치는 아니었다.

알 수 없는 대화에 손수건을 팔러 온 소녀가 눈을 동그랗게 떴다.

혼자 장사를 하기엔 지나치게 어린 소녀의 모습에서, 세 사람은 저도 모르게 그리 멀지 않은 과거를 떠올리고 있었다.

겁먹은 채로 도움의 손길만을 구하던 자신들을.

허리를 숙인 시튼이 소녀와 눈을 마주치면서 물었다.

"얼마야?"

"네. 네?"

"그 손수건. 얼마냐고."

시튼이 다시 한번 더 부드럽게 말했다.

"네 개 줄래? 우리도 하나씩 가지고, 한 분한테 선물해 주고 싶어서 그래."

잠시 멍하니 있던 소녀의 얼굴에 순식간에 미소가 번졌다.

* * *

아렌트는 겹겹이 쌓인 물건들 제일 위, 소박한 포장에 감싸인 꾸러미를 발견했다.

소박한 포장지에, 선물을 감싼 실력 역시 아직 서툰 티가 보였다.

어쩐지 뜯어 보지 않아도 누구의 작품인지 알 것 같았다.

말없이 그것을 열어 본 아렌트가 피식 웃음을 터뜨렸다.

"……어이가 없네."

그가 사용하기에는 소박하기 그지없는 손수건이 모습을 드러냈다.

정갈한 꽃무늬 자수가 그나마 장식 역할을 하고 있었지만, 질도 만듦새도 이곳의 귀족들이 사용할 만한 물건은 아니었다.

거기에다 동봉된 작은 쪽지에는, 시튼의 글씨로 시종 꼬마 셋의 이름이 차례대로 쓰여 있었다.

"꼬맹이들이 어른 흉내 내기는."

아렌트는 손수건을 제복 주머니에 갈무리했다.

그의 낯에 부드러운 미소가 잠깐 스쳤다가 이내 사라졌다.

바로 옆에 쌓여 있는 온갖 좋은 물건들 중, 가장 마음에 드는 선물이었다.

외전 4장. 영웅은 그렇게 말했다.

영웅은 그렇게 말했다.

 황궁의 어느 평화로운 오후.
 대륙을 방랑하다 모처럼 제국에 돌아온 렉시온은, 칸타레스의 초대를 받아 모처럼의 느긋한 티타임을 즐기고 있었다.
 "오늘따라 황궁이 조용한 것 같은데."
 의자에 편하게 기대앉은 렉시온의 한 마디였다. 그의 맞은편에 앉은 칸타레스가 답을 내주었다.
 "아렌트가 오랜만에 파견을 나가서 그런 게 아닐까 합니다."
 아렌트가 황궁을 비운 지 며칠째.
 늘 소란을 몰고 다니는 녀석이 부재중이니 어째 주변이 고요해진 것 같았다.

렉시온이 납득한 듯 고개를 끄덕였다.

"하긴, 그렇군. 멀쩡한 사람도 어디 하나 고장 난 것처럼 만들어 버리는 게 바로 그 녀석이니."

고작 아렌트 한 사람 때문에 3기사단 전체가 완전히 맛이 가 버린 것을 모르는 사람은 아무도 없었다. 칸타레스가 피식 웃으며 농담처럼 한마디를 던졌다.

"그건, 렉시온 님도 마찬가지인 듯한데 말입니다."

아렌트와 함께 있을 때의 렉시온은 이렇게 여유로운 모습이 아니었다. 짜증을 내는 것은 기본이고 속이 긁혀 신경질을 낼 때도 있었다. 모든 것을 포기한 채 한숨을 푹푹 내쉬는 모습도 퍽 익숙했다.

"적어도 너한테는 듣고 싶지 않군. 그놈의 행패에서 자유로운 사람이 있나?"

렉시온이 코웃음을 터뜨렸다.

"애초에 정체를 모르는 것도 아니고, 한낱 인간 주제에 드래곤과 이런 식으로 농담 따 먹기를 하는 것부터가 정상은 아니다만."

"그것도 그렇습니다."

칸타레스가 순순히 시인했다. 자신 역시 아렌트 때문에 복장을 터뜨린 적이 한두 번이 아니었으니까.

"어쨌든 이런 여유도 있을 때 실컷 즐겨 둬야 합니다. 아니면 또 언제 무슨 일이 터질지 모르니까요."

"그렇지."

렉시온이 고개를 가볍게 끄덕이는 것을 끝으로, 잠시 두 사람 사이의 대화가 끊어졌다.

자연스러운 침묵이 두 사람 사이에 자리 잡았다. 렉시온은 시선을 움직여 칸타레스를 물끄러미 응시했다.

드래곤의 외눈이 새삼스레 자신을 살피고 있다는 사실을 깨달은 칸타레스가 의아하게 물었다.

"왜 그러십니까?"

"아니. 이제 와서 말하기도 우습지만……."

렉시온은 칸타레스에게서 시선을 떼지 않고 입을 열었다.

"넌 칸과 닮은 구석이 전혀 없군."

"예?"

칸타레스가 의아하게 물었다.

칸이라 함은 그의 애칭이기도 했다. 하지만 렉시온이 지칭하는 사람은 칸타레스가 아니었다.

"혹시 영웅 칸…… 초대 황제 폐하를 말씀하시는 겁니까?"

"맞아."

턱을 괸 렉시온이 고개를 끄덕였다.

"분명히 그 녀석의 핏줄이 섞인 건 맞는데. 정말로 닮은 구석이라곤 하나도 없군."

"닮지 않았다면, 외모를 말씀하시는 겁니까?"

호기심이 동한 칸타레스가 물었다. 그의 앞에서 초대

황제에 대해 렉시온이 직접 언급한 것은 이번이 처음이었으니까.

"아니. 오히려 외견은 제법 닮은 구석이 남아 있다. 그 녀석도 검은 머리에 푸른 눈을 가지고 있었거든. 하지만 성정이 완전히 달라."

"그렇군요. 혹시 더 자세히 여쭈어봐도 괜찮겠습니까?"

"흠……."

렉시온은 가볍게 고민에 잠겼다. 그리고 잠시 후.

"지금이라면 조금쯤은 괜찮겠지. 옛날이야기를 하는 것도."

"괜찮으신 겁니까?"

"자세히 입에 담기는 꺼림칙하지만."

칸타레스가 조금 놀라 되묻자 렉시온이 손을 휘휘 내저었다.

"그 녀석 개인에 대한 이야기라면 괜찮겠지."

"초대 황제 폐하께서는 어떤 분이셨습니까?"

그 대답에 안심한 칸타레스가 사양하지 않고 곧장 질문을 던졌다.

"솔직히 전쟁 때부터 많이 궁금했습니다."

과거에는 신에게 선택받은 위대한 영웅이라는 인상뿐이었다.

하지만 온갖 일을 겪으며 칸타레스의 생각은 조금 달라졌다.

초대 황제 칸은 신에게 억압받으면서도 후대를 위해 목숨을 걸고 악신에 대한 기록을 남겼다.

뿐만 아니라 언젠가 대립할 때를 대비해 황실과 신전의 역할을 철저히 구분해 두기도 했다.

칸타레스가 진지하게 말했다.

"결국 우리의 싸움도 그분이 아니셨다면 성립할 수 없었을 테니까요."

"네가 말하는 싸움은…… 비단 체르니온 교만을 이야기하는 것은 아니군."

렉시온이 피식 웃었다.

"그 싸가지 없는 애송이 놈을 마음에 들어 하는 걸 보니 너도 제법 괴짜 기질이 다분하다만…… 그래도 네 녀석은 꽤 차분한 편이지."

"초대 황제 폐하께서는 어떠셨습니까? 라이오스 단장과 비슷한 인물이셨습니까?"

궁금증을 이기지 못한 칸타레스가 재촉하듯 물었다. 그러자 렉시온이 정색하고 대꾸했다.

"전혀."

"예?"

"전혀 아니었다고. 그놈은……."

잠시 말을 고르는 듯, 렉시온이 잠시간 뜸을 들였다.

"아주 멍청하고."

짧은 한마디에 칸타레스가 순간 제 귀를 의심했다. 그

러거나 말거나, 렉시온은 제 할 말을 이어 갈 뿐이었다.

"고집 세고, 단순한 데다 늘 바보 같이 실실 웃고 다녔지. 의욕만 앞서는 목소리 큰 바보 정도로 정의할 수 있겠군."

"……."

칸타레스의 마음속 위엄 있는 영웅 칸의 모습이 와장창 무너지는 순간이었다. 멍하니 있던 칸타레스가 더듬더듬 물었다.

"그, 정말입니까?"

"술집에서 처음 본 놈이랑 주량 대결을 하다가 뻗은 것도 한두 번이 아니다."

지금 생각해도 골치가 아파 오는 듯 렉시온이 쯧 혀를 찼다.

"내 마법을 숙취 해소용으로 쓰던 미친놈이었지."

입술을 달싹이던 칸타레스가 더듬더듬 물었다.

"……그, 초대 황제 폐하께서는 렉시온 님의 정체를……."

"알고 있었다. 이미 너희들도 짐작했던 것 아닌가?"

찻잔을 내려놓은 렉시온이 간단하게 말했다.

"그놈의 설화 중 하나. 드래곤과 맞붙어 싸워 이겼다는 웃기지도 않은 이야기가 있던데."

"설마 그 드래곤이……."

"아마 나겠지. 밤낮을 싸우다가 감복한 드래곤이 우정의 징표로 드래곤 본을 선물로 줬다는 이야기였던가."

잠깐 그때를 회상한 렉시온이 헛웃음을 터뜨렸다.
"감복은 무슨. 하도 귀찮게 굴기에 상대를 좀 해 줬더니, 하마터면 실수로 죽일 뻔해서."
"……."
"뭐, 썩 나쁜 놈은 아닌 것 같기에 치료해 준 게 전부지."
"세상에."
칸타레스의 입에서 솔직한 감탄사가 튀어나왔다.
"그…… 엄청 강하신 것 아니었습니까?"
"인간에 비해서는 굉장히 강했던 게 사실이다. 하마터면 죽일 뻔했다니까? 보통이었다면 그냥 대충 쫓아내고 말았을 텐데, 나도 그만 흥이 올라서."
"……."
"그때는 전쟁 전이었으니까. 본격적으로 강해지기도 이전의 일이지. 성검을 쥐기 전에도 드래곤을 상대로 그렇게까지 싸울 수 있었던 놈이다. 그 점 하나만큼은 인정해."
렉시온은 언짢게 미간을 찌푸렸다.
"인간 주제에 드래곤에게 덤비는 그 기개와 멍청함도 인정하고."
"그 싸움은 어떻게 시작된 것이었습니까? 렉시온 님의 성정에 먼저 인간을 공격하시진 않았을 것 같습니다만."
원래 설화는 인간에게 해를 입힌 악룡을 영웅 칸이 물리치고, 그 끝에 우정까지 다졌다는 내용이었다.

하지만 이쯤 되니 그 진위가 의심스러워지기 시작했다.

아니나 다를까, 렉시온이 고개를 끄덕였다.

"당연한 것 아닌가? 내가 인간을 좋아하지는 않았다만, 일부러 덮쳐서 귀찮은 일을 만들 턱이 있나."

"그러면……."

"그놈이 먼저 시비를 걸어온 거지."

그 이유도 상당히 황당했다.

"어린애의 병을 고치기 위해서, 내 영역에 있는 전설의 약초를 찾으러 왔다더군."

"……."

"당연히 그딴 건 없었다. 인간들이 만들어 낸 거짓말이었는데, 거기에 속아서 내 영역까지 쳐들어온 거지. 멍청하게도."

참된 영웅적 행보라고도 할 수 있겠지만, 렉시온의 입장에서는 황당하기 그지없었을 터였다.

뜬소문 하나만을 믿고서 자신의 영역까지 단신으로 쳐들어온 기사라니.

"그놈이 뭐라고 했더라, 그때."

과자 하나를 집어 먹은 렉시온이 인상을 찌푸렸다.

"순순히 약초를 내놓는다면 물러가겠다고 하더군. 하지만 나한테 그런 물건은 없었고, 솔직히 그 건방진 인간 놈에게 가르침을 내리고 싶었던 것도 사실이지."

"그런 소문이 돌았다면……."

멍하니 듣던 칸타레스가 아연히 말했다.

"쳐들어온 게 초대 황제 폐하뿐만은 아니었겠군요."

"정확해. 인간들이 워낙 귀찮게 구는 바람에 겁을 좀 줬는데, 어느새 세간에 악룡이라 불리게 되었더군."

"아아……."

납득한 칸타레스가 애매하게 고개를 끄덕였다.

악룡과 싸운 영웅 이야기의 시발점이 드러나는 순간이었다.

"굳이 없다고 해명하기도 귀찮아서, 일단은 두들겨 팼는데."

"일단 패다니, 렉시온 님도 참……."

"생각보다 꽤 재미있더군."

칸타레스의 작은 감탄사는 무시하고, 렉시온이 말을 이었다.

"그러다가 아까 말했던 것처럼 실수로 죽일 뻔해서…… 기절한 걸 치료해 줬는데."

정신을 차리고 벌떡 일어나 앉은 영웅은 그렇게 말했다.

* * *

"당신, 알고 보니까 좋은 놈이었구나!"

"……."

자신을 향해 눈을 반짝이며 말하는 꼴에, 렉시온은 어처구니가 없어지고 말았다.

"크윽…… 나도 수련을 더 해야겠군. 이렇게까지 속수무책으로 당할 줄은 몰랐어. 음. 좋은 경험이었다!"

하지만 그러거나 말거나, 칸은 철없는 얼굴로 웃음을 터뜨릴 뿐이었다. 방금까지 목숨을 걸고 싸우다, 하마터면 숨이 넘어갈 뻔한 사람답지 않은 행동이었다.

"멀쩡해졌으면 이만 꺼져라. 그리고 두 번 다시 이 산에 발을 들이지 마."

"그나저나 약초는 진짜 없는 건가?"

렉시온이 경고했지만, 칸은 전혀 듣지 않았다. 슬슬 골치가 아파 오기 시작해, 렉시온은 이마를 꾹꾹 짚으며 대꾸했다.

"그런 건 애초에 존재하지 않는다. 만병통치약이라니, 웃기지도 않는군. 알았으면 이제……."

"하지만 그쪽은 방금 날 치료해 줬잖아. 아주 눈 깜짝할 새 말이야. 하하! 이러다 진짜 죽는 줄 알았는데!"

칸이 제 가슴을 툭 치며 커다랗게 웃음을 터뜨렸다.

"드래곤은 마법에 능통하다니, 정말이었군. 어쩌면 그 약초라는 게 당신을 지칭하는 게 아니었을까? 예전에도 이렇게 사람을 치료해 준 적 있나?"

"없다. 그리고 꺼져라. 당장 사라지지 않으면 진짜로 죽여 버리는 수가 있어."

"에이, 그런 협박은 안 통해."

씨익 기분 좋게 웃은 칸이 넉살 좋게 말했다.

"진짜 죽일 마음이 있었다면 친히 인간의 모습으로 변모해 주지도 않았겠지. 본체 모습으로라면 날 손쉽게 날려 버릴 수 있었을 텐데. 아닌가?"

"……."

"굳이 폴리모프 마법을 시전해 내 앞에 모습을 드러낸 건, 처음부터 날 죽일 생각이 없었다는 의미지. 당신의 영역을 침범하고도 살아남은 사람이 그토록 많은 게 의아했는데, 이런 이유에서였군."

칸은 아예 자리에 퍼질러 앉아 제멋대로 떠들어 대기 시작했다. 렉시온은 어처구니가 없다 못해 얼이 빠지고 말았다.

살다 살다 이런 인간을 보는 건 또 처음이었다.

"아! 좋은 방법이 생각났다!"

렉시온이 한참 동안 입을 다물고 있자, 칸이 짝 손뼉을 마주치며 눈을 반짝였다.

"당신의 도움을 좀 받고 싶어! 날 도와주지 않겠나? 크게 다친 소녀가 있는데, 당신의 마법이라면 금세 회복할 수 있을 것 같다!"

그러고는 해맑게 웃는 얼굴로 렉시온을 향해 손을 뻗어 왔다.

"당신, 이름이 뭐지? 좋은 일 하는 셈 치고 나와 함께

가주지 않겠나?"

"……."

렉시온은 할 말을 잃어버리고 말았다.

* * *

"이야……."

입을 쩍 벌린 칸타레스가 감탄사를 터뜨렸다.

"정말 뭐랄까, 이건…… 놀랐습니다. 상상 밖의 일이라."

"원래 이야기라는 것이 과장되어 구전되기 마련이지. 역사가 대부분 소실되어 버린 상황에서는 더더욱."

반쯤 식은 차로 목을 축이는 렉시온에게, 칸타레스가 물었다.

"그래서, 어떻게 하셨습니까? 동행하셨습니까?"

"내가 미쳤다고. 그런데 정말 끈덕지게 요구하더군. 거의 사흘 밤낮을 내 레어 앞에서 농성을 벌였어."

그때를 생각하니 재차 짜증이 치솟는 듯, 렉시온이 살며시 미간을 찌푸렸다.

"아주 그냥 고래고래 소리를 질러 댔지. 진심으로 죽이고 싶었지만, 귀찮아져서 치료 마법을 새긴 아티팩트를 하나 던져 줬다."

* * *

획.

칸은 자신 쪽으로 날아든 보석을 반사적으로 잡아챘다. 그는 의아한 눈으로 보석과 렉시온을 번갈아 보았다.

"이게 뭐지?"

"치료 마법을 새긴 아티팩트다. 그걸 쓰면 어지간한 중상이라도 다 치료할 수 있을 거다."

귀찮은 티를 굳이 숨기지 않으며, 렉시온이 짜증스럽게 말했다.

"그거나 가지고 돌아가도록. 더 이상 귀찮게 하면 너만이 아니라 아랫마을 사람들까지 모두 죽여 버릴 테니까."

"……."

그런 협박은 귀에 들리지도 않는 듯, 칸은 새삼스러운 눈으로 제 손에 들린 아티팩트를 자세히 살펴보았다.

보석은 처음 보는 영롱한 빛을 품고 있었다.

그 안에 새겨진 강력한 마법의 힘은, 마법에는 문외한인 칸도 쉽게 알아차릴 수 있을 정도였다.

잠시 후.

칸이 씨익 웃었다.

"고맙다. 진심으로."

무표정하게 그를 바라보던 렉시온이 살며시 미간을 찌푸렸다.

"어째서지?"

"그야, 내게 이렇게 도움을 주었으니까. 싸움을 건 것도 나고, 귀찮게 군 것도 인지하고 있다. 그 점은 진심으로 미안하게 생각한다."

아티팩트를 소중히 품에 갈무리한 칸이 천진난만하게 웃었다.

"당신, 계속 이곳에 머무를 예정인가?"

"그건 왜 묻지?"

"이대로 헤어지기는 아쉬워서."

칸이 당연하다는 듯 대답했다.

"뭐?"

"지금은 수중에 아무것도 없으니, 아무런 답례도 할 수 없어. 제대로 된 사과도 할 수 없고. 언젠가 다시 찾아와서, 그때에는 검이 아니라 술잔을 나누고 싶군."

참으로 당당한 선언이었다. 렉시온은 팔짱을 끼고 삐딱하게 물었다.

"내가 왜 그래야 하지?"

"당신은 좋은 사람이니까. 친구가 되고 싶어서 그런다. 술은 좋아하나? 옛이야기에 나오는 드래곤들은 모두 애주가라고 하던데."

"거절한다. 방금 말한 건 진심이야."

렉시온이 그를 차갑게 노려보며 툭 내뱉었다.

"한 번만 더 귀찮게 군다면 결코 가만 두지 않겠다. 너와 네 주변 인간들 모두 몰살시켜 버릴 테니, 이제 꺼져라."

그것이 마지막이었다. 진심으로 언짢아진 렉시온은 그대로 칸을 두고 레어로 돌아가 버렸으니까.

칸 역시 렉시온이 준 아티팩트를 가지고 자신을 기다리는 사람들에게로 돌아갔다.

그리고 몇 달 뒤.

칸은 정말로 자신이 했던 말을 실천했다.

* * *

"술을 몇 동이째로 가져와서 행패를 부리더군. 나와서 같이 마시자고."

"……뭐랄까, 렉시온 님 입장에서는 상당히 성가셨을 듯합니다."

칸타레스가 저도 모르게 질린 표정을 지었다.

"드래곤 본을 받았다는 이야기가 어디서 전승되었는지 이해했습니다…… 그 아티팩트는 정말로 드래곤 본이었습니까?"

"깊은 산에서 달리 아티팩트의 재료를 구할 수가 없으니. 마침 선대가 만들어 뒀던 드래곤 본을 이용해서 제작했지. 내 레어는 선대가 사용하던 걸 물려받은 거였거든."

"……."

역시 렉시온도 평범하지는 않았다. 귀찮은 자를 쫓겠다고 드래곤 본을 던져 주다니.

잠깐 침묵하던 칸타레스가 화제를 돌렸다.

"그래서, 술 초대에는 응했습니까? 전 렉시온 님은 술을 그리 좋아하지 않는다고 알고 있습니다만."

"브레스로 술과 함께 날려 버렸지. 딱 죽지 않을 정도로만. 그대로 절벽으로 떨어뜨렸는데……."

칸타레스는 조금 긴장하면서 다음 이야기를 기다렸다.

"다시 기어 올라오더군."

"예?"

"술동이를 들고."

* * *

"환영 인사가 너무 거창한 것 아닌가?"

칸은 아무렇지도 않은 얼굴로 하하 웃으며 다시 나타났다.

죽지 않았다는 것은 기감으로 알 수 있었지만, 그렇다고 해서 상처 하나 없이 등장할 줄은 차마 예상치 못한 렉시온이었다.

"귀한 술이 깨질 뻔했잖아. 이것도 힘들게 구한 거라고."

"……진짜 할 말이 없군."

"원래 말보다는 술로 친해지는 게 친구 사이라는 거지."

칸이 씨익 웃으며 거대한 술동이를 양손으로 흔들어 보였다.

"아참, 이제 당신을 귀찮게 하는 사람들은 없을 거야. 내가 다른 사람들에게 잘 이야기해 뒀거든."

"네가 제일 성가시다, 네가!"

결국 렉시온은 버럭 고함을 치고 말았다.

푸드덕!

그의 외침에 놀란 새들이 날아오르고, 산이 우르릉 울렸다.

드래곤의 감정에 자연이 반응한 거였다.

하지만 칸은 여전히 눈 하나 깜빡하지 않았다.

"에이, 너무 그러지 말고. 기껏 왔으니, 오늘에야말로 이름을 알려 줘. 술도 같이 한 잔 어때?"

"거절하지. 일개 인간 따위에게 알려 줄 이름 따위는 없다."

"쳇. 치사하긴."

차가운 대꾸에 칸이 투덜거리며 술동이를 다시 바닥에 내려놓았다.

"그렇게 싫다면 오늘은 일단 이것만 두고 가지. 아, 물론 이름은 꼭 들어야겠어. 이름을 알려 주지 않는다면 지난번처럼 몇 날 며칠이고 죽치고 있을 작정이거든."

"……."

도무지 이해할 수 없는 사고방식이었다.

황당해진 렉시온이 물었다.

"도대체 왜 그렇게까지 집착하는 거지?"

"그야, 그쪽이 마음에 들었으니까."

칸이 지극히 당연하다는 듯 대답했다. 뭐라 쏘아붙이려던 렉시온은 이내 한숨을 푹 내쉬며 짜증스럽게 머리를 벅벅 헝클어뜨릴 수밖에 없었다.

이름을 듣기 전까지 떠나지 않겠다는 칸의 말이 진심이라는 것을 깨달은 탓이었다.

"렉시온."

"……!"

불시에 툭 튀어나온 한마디에 칸이 눈을 크게 떴다. 렉시온은 그를 똑바로 바라보며 또박또박 한 번 더 되풀이해 주었다.

"렉시온. 그게 내 이름이다. 알았으면 이만 꺼져."

* * *

"뭐랄까……."

잠깐 생각하던 칸타레스가 어색하게 말했다.

"렉시온 님도 예나 지금이나 별로 변함없으신 것 같습

니다."

"뭐가 말이지?"

"저돌적인 인간에게 약하다는 부분에서 말입니다."

"……."

렉시온은 굳이 부정하지 않았다. 그저 딴청을 피우듯 차를 홀짝일 뿐이었다. 칸타레스가 납득했다는 듯 고개를 끄덕였다.

"렉시온 님이 어째서 아렌트를 가만히 내버려두시는지 종종 의아했던 부분입니다만…… 이제 이해가 갑니다."

"그 녀석도 몇 번 진심으로 죽일까 생각했다만, 유감스럽게도 그건 내 영역 밖의 일이라."

신들이 눈을 시퍼렇게 뜨고 있었으니까.

하지만 그 부분까지 칸타레스에게 말할 수는 없는 노릇이었다.

렉시온은 자연스레 화제를 돌려 버렸다.

"애초에 애송이랑 칸은 완전히 다른 종류의 인간이지. 칸을 겪으며 어지간한 괴짜에는 익숙해졌다고 여겼다만, 그 애송이는 진심으로 당황스럽더군."

"그렇죠. 아렌트는 뭐랄까, 말하기에 따라서 다소 악랄한 놈이니 말입니다."

칸타레스가 킥킥 작게 웃음을 터뜨렸다. 그러자 렉시온이 질린 표정을 지었다.

"독하다는 면에서는 일부 비슷하다고 할 수 있겠군."

영웅은 그렇게 말했다. 〈279〉

"그렇습니까?"

칸타레스가 웃음기를 거두지 않고 말했다.

"그 뒤에는 어떻게 되었습니까?"

"본인이 호언장담한 대로 꾸준히, 주기적으로 찾아오더군."

아무리 쫓아내도 그는 아득바득 다시 돌아왔다. 잠깐 사라졌다가도 몇 주 안에 또 찾아오곤 했다.

"내가 술을 마시지 않는다는 걸 알게 된 뒤에도 술동이를 한가득 이고 와서, 본인이 다 마셔 버리곤 했지."

쯧 혀를 찬 렉시온이 덧붙였다.

"남의 레어 앞에서 술 냄새를 풍기질 않나, 숙취가 심하다며 치료 마법을 걸어 달라고 떼를 쓰고…… 지금 생각해도 골 때리는 녀석이야."

새하얘진 얼굴로 헛구역질을 하며 등 좀 두드려 달라던 놈의 얼굴이 아직도 눈에 선명했다.

"그래서 너와는 전혀 닮지 않았다고 하는 거다, 황태자. 하지만 괴짜 기질은 어느 정도 물려받았는지도 모르지."

현 황제도 제법 괴짜 기질이 다분했으니까. 칸타레스가 머쓱하게 웃었다.

"폐하께서도 이래저래 범상찮은 분이시긴 합니다만."

"그런 것 같더군. 애송이의 야단법석을 그토록 즐기는 눈치인 것을 보아하니."

의자에 느긋하게 등을 기댄 렉시온이 담백하게 덧붙였다.

"어쨌든…… 익숙해진다는 게 생각보다 무서운 거다. 정신 차리고 보니 놈의 친구 놀음을 받아 주게 되었으니까."

어느 날은 술을, 또 어느 날은 별 희한한 물건을 구경시켜 주겠다며 가지고 오기도 했다.

물론 그런 것들에 새삼 감흥을 가질 정도로 렉시온은 어리지 않았지만.

"내 레어가 있는 산에서 생선을 잡아다가 같이 먹자며 불쑥 찾아오기도 했고, 어느 날은 여자에게 차여서 울면서 나타나기도 했지."

"……뭐랄까. 이제 와서 말하기도 그렇지만."

가만히 듣던 칸타레스가 입을 열었다.

"영웅이라는 말로 가두기에는, 소탈하고 자유로운 분이셨군요."

언젠가 아렌트가 했던 말이었다. 루체는 영웅이라는 말로 칸과 라이오스를 제 손아귀 안에 가둬 버렸다고.

렉시온은 굳이 대답하지 않았다. 그 침묵은 곧 긍정의 의미였다.

칸타레스가 다시 물었다.

"그러다 함께 전쟁에도 참전하시게 된 겁니까?"

"……뭐."

렉시온이 시원찮게 고개를 끄덕였다.

"그렇지."

인간 세상의 전쟁이 심화되던 어느 날부터 칸은 보이지 않게 되었다.

그리고 꼭 2년 만에, 칸은 상처투성이가 된 몸을 이끌고 찾아왔다.

언제나 멍청한 웃음을 드리우고 있던 낯은 눈물로 얼룩져 있었다. 금방이라도 쓰러질 듯 휘청대면서도 그는 토해 내듯 말했다.

"렉시온, 제발. 도와줘…… 부탁이야. 고국이 멸망했어."

그리 말하던 목소리가 아직도 귀에 선했다.

인간사에 끼어드는 것은 바보 같은 짓이라는 걸, 렉시온은 누구보다도 잘 알고 있었다.

하지만 도무지 그 부탁을 거절할 수가 없었다.

결국 렉시온은 칸과 동행하게 되었다.

그리고 누구보다도 평화를 간절히 바라던 칸은, 루체에 의해 성검의 영웅으로 선택받았다.

'그다음에는…….'

렉시온의 시선이 바닥으로 내리깔렸다.

전장의 영웅이 된 그는 모든 자들에게 칭송받았다.

칸은 영웅다운 행보를 이어 가며 사람들에게 희망을 선사해 주었다.

모두가 고통스러운 전장에서도 그는 웃음을 잃지 않으며 사람들을 격려했다.

그러나…….

그는 밤마다 지독한 중압감에 시달렸다.

잠을 이루지 못해 퀭해진 눈두덩이로, 그는 고통스럽게 웃었다.

"괜찮아, 나는. 나는 해낼 수 있을 거야. 해내야 해."

습관처럼 그리 중얼대다가도 속에 든 것을 모두 게워 내고, 가끔은 물 한 모금도 넘기지 못할 때도 이었다.

루체의 이름 아래에서, 자신의 손으로 평화로운 세상을 만들어야 한다는 압박에 그는 점점 더 피폐해져 갔다.

그런 와중에도 칸은 고통이 오롯이 자신의 몫이라는 점에 기뻐했다.

다른 사람에게 짐을 지우는 것보다, 스스로가 괴로운 편이 더 낫다고 여긴 거였다.

갑자기 렉시온이 침묵하자, 칸타레스가 그를 조심스럽게 불렀다.

"렉시온 님?"

"어? 아."

퍼뜩 정신을 차린 렉시온이 고개를 들었다. 코끝에 풍기던 혈향이 순식간에 사라졌다.

"확실히……."

렉시온은 찻잔을 매만지며 느릿느릿 말했다.

"어쨌든, 영웅이라는 이름이 썩 어울리는 녀석은 아니었다고. 결론은 그거다."

"그렇습니까."

그가 무슨 생각을 했는지 대충 짐작한 듯, 칸타레스가 쓴 미소를 지었다. 소파에 등을 툭 기댄 렉시온은 시선을 들어 천장을 올려다보았다.

"그래도……."

칸의 후손은 지금까지 살아남아, 지금 자신의 앞에서 흥미로운 표정으로 제 선조에 대한 이야기를 듣고 있었다.

그리고 칸이 뿌린 씨앗이 오랜 세월에 걸쳐 싹트고 뿌리내려, 칼리온 제국은 루체 신의 손아귀에서도 벗어날 수 있었다.

렉시온의 입가에 옅은 미소가 걸렸다.

그에게서는 처음 보는 부드러운 웃음기였다.

칸타레스는 조금 놀라 얼빠진 표정을 짓고 말았다.

"결국 칸이 원하던 바를 다 이룬 셈이군."

그걸 미처 알아차리지 못한 렉시온이 담백하게 덧붙였다.

칸타레스는 한동안 렉시온에게서 눈을 떼지 못했다.

지금의 그들에게 영웅이니 드래곤이니 하는 거창한 명칭은 어울리지 않았다.

그저 유쾌하고 소탈했던 남자와, 과거의 친우를 추억하

는 한 사람만 있을 뿐이었다.
 잠시 후.
 칸타레스 역시 작게 미소 지으며 고개를 끄덕였다.
 "……그것참 다행입니다."

외전 5장. 외롭지 않게 살아라.

외롭지 않게 살아라.

 울컥. 처음 보는 색깔의 피가 아버지의 입에서 쏟아졌다. 소년 라이오스는 얼어붙은 채 그 모습을 멍하니 볼 수밖에 없었다.
 "쿨럭, 라이오스."
 떨리는 손이 라이오스의 어깨를 감싸 안았다. 마치 이 참상을 보지 못하게 하려는 것처럼.
 "라이오스. 외롭지 않게 살아라."
 꺼져 가는 아버지의 목소리가 그렇게 말했다. 라이오스를 껴안은 양손에는 아플 정도로 힘이 들어가 있었다.
 "……그거면 된다. 그렇다면 더 바랄 게 없어."
 "아버지……."
 이미 두 사람은 영원한 이별을 예감하고 있었다. 뜨거

운 피가 라이오스의 옷깃을 적셨다. 윈프리드 후작의 것이었다.

"네가 올곧게, 그리고 정의롭게 살아가면, 그렇다면 우리가 없어도……. 넌 외롭지 않을 거다."

라이오스를 껴안은 손에서 차차 힘이 풀려 갔다. 그것을 알아차린 라이오스가 다급하게 외쳤다.

"아버지, 아버지! 정신 차리세요!"

하지만 후작에게는 아들의 목소리가 미처 닿지 않는 듯했다. 혼곤한 목소리로 그가 읊조렸다.

"루체 님……. 부디 아이의 앞날을 보살펴 주소서."

그것이 마지막이었다.

툭.

라이오스를 안고 있던 손이 아래로 떨어졌다. 라이오스는 공포에 질리고 말았다.

어머니는 도적 떼의 손에 살해당했다. 아버지도 방금 목숨을 잃었다.

세상에 홀로 남았다는 두려움이 어린 소년의 머릿속을 지배했다.

"아버지, 아버지……."

덜 여문 손이 애타게 후작의 뺨을 쓰다듬었지만, 굳게 감긴 눈이 두 번 다시 떠질 일은 없었다. 결국 소년의 꾹꾹 눌러 담아 두었던 눈물이 터져 나오고 말았다.

"절 혼자 두지 마세요, 아버지……."

하염없이 눈물을 흘리며 아버지를 흔들고, 뺨을 만졌지만, 돌아오는 대답은 없었다.

소년은 정말로 이 세상에 혼자 남겨지고 만 거였다.

* * *

"아버……!"

라이오스는 소스라쳐 상체를 일으켰다.

온몸이 식은땀에 젖어 있었다. 숨이 턱 끝까지 차올랐다. 그는 아득하게 주변을 차차 둘러보았다.

이곳은 불타는 후작 성이 아닌 제3기사단 생활관의 익숙한 방이었다.

"……"

그제야 가빠졌던 호흡이 차차 원래 속도를 되찾아 갔다.

"하……."

탄식을 흘린 라이오스는 얼굴을 쓸어내렸다. 축축하게 배어 나온 땀이 손에 묻어나왔다.

굉장히 오랜만이었다. 그날에 대한 꿈을 꾼 것은.

'루체 님……'

라이오스는 얼굴을 감싼 채 한참 동안 가쁜 숨을 가라앉히는 데에 집중했다.

아버지의 마지막 유언은 화인이 되어 그의 가슴 속에

남아 있었다.

　루체를 향한 간절한 기도 역시.

　'정의롭게……'

　과연 자신은 부친의 유언대로 살아가고 있는 것일까.

　몇 시간 전, 그는 자신의 손으로 견습 기사 아렌트를 지하 감옥에 처박은 참이었다.

　"……."

　차마 항변도 하지 못하고, 그답지 않게 멍한 표정으로 끌려가던 아렌트의 모습이 아직도 눈에 선명했다.

　'전부 다 내 탓이다.'

　자신이 제대로 이끌지 못한 탓에 이런 일이 벌어졌다. 그것만큼은 자명한 사실이었다.

　라이오스는 그대로 머리칼을 한꺼번에 쓸어 올렸다.

　가슴이 답답했다.

　'잠깐 바람이라도 쐴까.'

　다시 잠을 자는 것은 어차피 불가능할 것 같았다. 결국 라이오스는 자리에서 일어나서 옷을 갈아입었다.

　다른 기사들이 깨지 않게 조용히 생활관을 빠져나온 라이오스는 곧장 아무도 없는 정원으로 발걸음을 옮겼다.

　"후……."

　새벽녘의 차가운 바람을 얼굴에 맞으니 그래도 조금 살 것 같았다.

　은색의 달빛이 정원수의 잎을 타고 미끄러져 내렸다.

그 모습이 마치 어둠을 가르는 빛의 검처럼 보이기도 했다.

'루체 님.'

라이오스는 저도 모르게 습관처럼 짧게 기도를 읊조렸다.

"……부디 그를 보살펴 주십시오."

지하 감옥에 있을 아렌트는 지금쯤 처지를 비관하고 있을까. 혹은 죄를 뉘우치고 있을까.

거기까지 생각이 미친 라이오스는 이내 생각을 고쳤다.

'아마 날 원망하고 있겠지.'

아렌트의 행위는 용서할 수 없는 범죄였다. 무려 황실에서 주시하던 적들과 내통을 시도했으니까.

차마 라이오스도 감싸 줄 수 없는 죄목이니, 사형을 피할 수 없을 것이다.

'아직 에크하르트 백작가에서도 아무런 연락도 오지 않았고.'

아무래도 가문에서도 그를 변호하려 하지 않을 작정인 듯했다. 에크하르트 백작이 적극적으로 나선다면 사형만큼은 면할 수 있을지도 몰랐다.

하지만 에크하르트 백작은 아렌트를 감쌀 생각이 전혀 없는 듯, 철저히 선을 긋고 있었다.

결국 아렌트 폰 에크하르트에게 도움의 손길을 뻗어 줄 사람은 단 한 명도 없다는 뜻이었다.

'분명 그럴 만한 사안이다. 내가 할 수 있는 일도 없다.'

그걸 잘 알고 있음에도, 누가 자신의 속을 후벼파는 것처럼 아파 왔다.

원래도 혼자가 익숙한 듯 보이던 그였다. 누구도 곁에 두려 하지 않고, 세상 모든 것에 부정적이었다.

그건 곧 어디에도 마음 기댈 곳이 한 군데도 없다는 뜻이었다.

"하아……."

분명 아렌트의 행동은 정의와는 거리가 멀었다.

그러니 사람들이 그에게서 등을 돌리는 것도 이상한 일은 아니었다.

하지만…….

'누구 하나라도 그를 붙잡아 주었더라면.'

결과가 달라졌을까.

아렌트를 가장 가까이 두고 있음에도, 3기사단은 그가 배신할 거라는 전조조차도 느끼지 못했다.

그 누구도 아렌트에게 진심으로 관심을 기울이지 않았다는 뜻이었다.

저벅, 저벅.

고요한 정원에 라이오스의 심란한 발소리가 울려 퍼졌다.

'루체 님.'

꿈에서 본 부친의 모습이 아직도 생생했다.

'정의란 대체 무엇입니까.'

가진 힘을 약한 자를 돕고 악한 자를 처단하는 데에 사용하는 것.

그래서 결국에는 선을 이룩하는 것.

하지만 과연 아렌트 폰 에크하르트를 악한 자라고 지칭할 수 있을까.

아렌트의 본질은 그저 고독했던 한 청년일 뿐일지도 몰랐다.

"하아……."

라이오스는 곧 이것이 무의미한 고민이라는 것을 깨달았다.

재판이 열리면 그는 형장의 이슬로 사라질 터였다. 그는 차마 변호받지 못할 악행을 저질렀고, 그 대가를 치러야 한다.

중요한 것은 단지 그뿐이었다.

라이오스는 적어도 그의 영혼이 너무 고통받지 않기를.

루체의 품에서 안식을 찾을 수 있길 바랄 뿐이었다.

그리고 이틀 뒤 열린 재판.

라이오스는 자신의 예상이 모두 빗나갔음을 알게 되었다.

"제가 한 건 내통이 아닙니다. 거래지."

견습 기사는 형형한 눈빛을 내뿜으며, 표독스럽게 달려들어 왔다.

"죽일 놈이라며 다짜고짜 체포하기 전에, 제게 조용히 언질이라도 주셨다면 상황은 달라졌을 겁니다. 놈들 세력의 핵심까지 파고들 수 있었을지도 모르는데. 고작 접촉 한 번 했다고 나를 죽이려 들다니."

황금색 눈동자가 자신을 재판정에 세운 이들을 향해 살기를 드리웠다.

"꼬리를 잡으셨죠. 그렇다면 거기에 만족할 게 아니라, 길게 늘어진 그것을 따라가서 머리를 벨 생각을 떠올리셨어야 합니다. 겁쟁이인 여러분께 제가 너무 많은 것을 바라셨습니까?"

"……."

두려움이라고는 전혀 내비치지 않는 그를, 라이오스는 홀린 듯이 바라볼 수밖에 없었다.

그날, 결국 아렌트는 죽지 않았다.

뿐만 아니라 자신의 행동이 틀리지 않았음을 몸소 증명해 보였다.

라이오스 드 윈프리드의 가치관이 송두리째 흔들리게 된 첫 번째 순간이었다.

* * *

"어라."

실내복 차림으로 로비에 나온 아렌트가 얼빠진 소리를

냈다.

"왜 기척도 안 내고 거기 계세요? 야밤에 뭐 하십니까?"

"적어도 너한테 그런 말을 듣고 싶지는 않다만."

한발 먼저 소파에 나와 앉아 있던 라이오스가 언짢게 대꾸했다. 어깨를 으쓱인 아렌트가 터덜터덜 그에게 다가왔다.

"보아하니 오늘은 불면증 동지신가 보네요."

"요즘도 잠을 못 자나?"

"가끔요."

솔직하게 대답하며, 아렌트는 허락도 구하지 않고 라이오스의 맞은편에 걸터앉았다.

"수면초는."

"그것도 별로 내키지 않습니다. 꿈자리가 사나워져서요. 단장님은요? 왜 야밤에 어울리지도 않게 청승이십니까?"

"너랑 비슷한 사정이다."

삐딱한 물음에 라이오스는 순순히 답을 내어 주었다.

"오랜만에 꿈자리가 사납더군."

이따금 라이오스는 아버지에 대한 꿈을 꾸곤 했다. 언젠가부터, 그런 꿈을 본 다음에는 아렌트에 대한 생각을 떠올리게 되었다.

이번에도 마찬가지였다.

그런 차에 본인이 나타난 거였다.

외롭지 않게 살아라. 〈297〉

라이오스는 시선을 들어 아렌트를 물끄러미 보았다. 그와 눈을 마주친 아렌트가 고개를 갸웃했다.
"뭡니까? 왜 그렇게 보시는데요?"
"……아니다, 아무것도."
라이오스는 대충 둘러대고 말았다.
"싱겁기는."
아렌트가 턱을 괴며 툴툴댔다.
황궁에 들어오며, 라이오스는 고독감을 잊어버린 지 꽤 되었다.
'하지만 저 녀석은 어떨지.'
외로움과 아렌트.
그 둘은 어째서인지 상당히 거리가 먼듯하면서도, 떼려야 뗄 수 없는 사이처럼 보이기도 했다.
그가 어디서 왔는지, 어떤 사람이었는지 여전히 알 수 없었다.
하지만 적어도 아렌트가 '아렌트'로서 존재하기 위해 무엇을 포기했는지는 루미엘에게 전해 들어 잘 알고 있었다.
"입 심심한데. 간식거리 없습니까? 아니면 잠 안 오는 사람들끼리 술이나 한잔하실래요?"
단장의 앞이라고는 상상할 수 없을 정도로 불량한 자세로 앉은 아렌트가 고개를 까닥였다.
라이오스는 그만 피식 웃음을 터뜨리고 말았다.

"그것도 괜찮군."

"리히트 선배가 보관해 둔 술은 어떠십니까? 아니면 애쉬 녀석이 숨겨놓은 비장의 술도 어딘가에 있을 텐데."

아렌트는 아무래도 또 한바탕 장난을 치고 싶은 눈치였다. 하지만 라이오스가 먼저 정중히 사양했다.

"아침이 됐을 때 시끄러워질 게 뻔하니, 그냥 내 걸 마시도록 하지."

"그것도 좋죠. 단장님의 술이라니, 얼마나 좋을지 기대해도 괜찮겠습니까?"

아렌트가 키득키득 웃음을 터뜨렸다.

"리히트의 술만큼은 아니겠지만, 적어도 애쉬나 글렌의 것보다는 괜찮을 테니 기대해라."

"그렇다면 단장님의 술 정도로 봐 드릴게요."

짐짓 선심 쓰듯 말하는 아렌트에게서 다른 감정을 읽어 내는 것은 불가능했다.

예를 들어, 그가 필연적으로 느낄 수밖에 없을 고독감이라거나.

자신이 아는 '아렌트'와 지금의 아렌트는 다른 인물이었다.

'하지만 두 사람 다 고독했겠지.'

외롭다는 것은 살을 저미는 고통과도 같았다.

자신 역시 어린 시절 직접 뼈저리게 느껴 본 바 있었다.

잠깐 생각에 잠겼던 라이오스는 반쯤 충동적으로 입을

열었다.

"아렌트."

아렌트는 대답하는 대신 고개만 들고 라이오스를 마주 보았다.

"외롭지는 않나?"

"예?"

아렌트의 입장에서는 상당히 뜬금없는 물음이었다. 하지만 라이오스는 그저 진지하기만 했다.

"고독하지는 않냐고 물었다."

"……진짜 무슨 헛소리에요?"

아렌트가 황당하게 되물었다.

"외로울 틈이 어딨어요? 안 그래도 정신없어 죽겠는데. 지금도 보세요. 혼자 좀 있어 보려고 하니까 단장님이 느닷없이 끼어드셨잖습니까."

"정정하지. 끼어든 건 내가 아니라 너다."

라이오스가 침착하게 대꾸했다. 그러거나 말거나 아렌트는 어깨를 으쓱이기만 했다.

"술이나 가지고 오시죠. 오늘 밤은 그래도 심심하진 않겠네요."

"단장에게 명령조로 이야기하면 안 된다고 내가 도대체 몇 번을 말하나."

다소 짜증스럽게 답하면서도 라이오스는 순순히 몸을 일으켰다.

"넌 잔이나 가져와라. 그리고 안주 삼을 만한 것들도."
"네엡. 치즈가 남아 있으려나 모르겠네."
시큰둥하게 대답하며 아렌트도 몸을 일으켰다.
그가 터덜터덜 느린 걸음으로 부엌을 향해 가는 것을 보며 라이오스는 옅은 미소를 머금었다.
'어쨌든……'
다행이었다.
루체 신이나 절대적 정의 따위는 그다지 의미가 없어진 세상에서, 저 녀석이 더 이상 외롭지 않다고 하니.
소파에서 등을 돌린 라이오스는 오래 묵혀 둔 술을 찾으러 자신의 방으로 향했다.
두 사람만의 조촐한 술자리가 벌어지기 몇 분 전의 일이었다.

외전 6장. 넓은 세상

넓은 세상

"그래서, 라이오스 단장의 별장은 어떻든?"

르웰린이 빙글빙글 웃으면서 물었다. 그 옆에서 세일럼이 감탄사를 터뜨렸다.

"아렌트 경만을 가둬 놓기 위한 별장이라니, 그건 그것대로 대단한데요……."

"진짜 쓸데없이 넓더라. 상주하는 하인들도 있고."

그리고 그들의 앞에 다리를 꼬고 앉은 아렌트가 불만스레 투덜댔다.

"내가 진짜 어처구니가 없어선. 돈 많다고 자랑하는 것도 아니고, 이게 뭐 하는 짓이야?"

말썽쟁이 아렌트 폰 에크하르트를 격리하는 것만을 위한 별장.

그것의 존재는 이제 칼리온 제국 황궁 안에 제법 유명해져 있었다.

"렉시온 님이 매번 잘도 협력해 주신다는 점이 제일 재미있는 부분이지."

르웰린이 키득키득 웃으면서 놀리듯 말했다. 그러자 아렌트가 그에게 곱지 않은 시선을 보냈다.

"다음에는 꼭 너도 같이 처박히자. 너도 꽤 마음에 들어 할 걸? 아무것도 없는 산골짜기라. 흙이나 파먹기 딱 좋거든."

"미안하지만 사양할게. 난 탐험가지, 휴양하는 취미는 딱히 없어서. 그리고 라이오스 단장이 특별히 너만을 위해서 마련했다는데 감히 내가 침범할 수야 없지."

"하하……."

두 사람의 유치하기 짝이 없는 대화를 들으며 세일럼이 어색하게 웃었다.

"도대체 어쩌다가 그런 것까지 만드셨대요? 라이오스 단장님은."

"어쩌겠어요. 세일럼 님도 잘 아시잖아요. 이 녀석이 라이오스 단장의 속을 얼마나 썩였는지."

르웰린의 장난스러운 대답에 세일럼이 납득하고 고개를 끄덕였다.

"뭐, 보아하니 지금도 다르지 않으신 것 같긴 한데요……."

"내가 뭘 어쨌다, 아!"

언짢게 투덜대던 아렌트가 갑자기 짜증스러운 비명을 지르며 손을 내저었다. 르웰린이 눈을 동그랗게 떴다.

"뭐야, 왜 그래?"

"이 망할 새대가리 진짜……! 저리 안 꺼져?"

뒤이어진 한마디에 르웰린은 모든 상황을 이해할 수 있었다.

유난히도 아렌트에게 자주 시비를 거는 루나가, 이번에도 그의 어깨에 붙어서 머리칼 끝을 마구 물어뜯고 있었다.

레이는 제 주인의 무릎 위에 얌전히 앉아 상황을 관전 중이었다.

전서구 정도 크기였던 두 정령은 어느새 매나 독수리 정도로 커져 있었다.

세일럼이 머쓱하게 웃었다.

"아무래도 루나는 아렌트 경이 싫은가 봐요."

"말 안 해도 알아."

손을 세차게 몇 번 휘젓고 나서야 아렌트는 루나를 떼어놓을 수 있었다.

푸드덕 날아오른 루나는 잠깐 아쉬운 듯 아렌트의 주변을 맴돌다 세일럼에게 돌아갔다.

그 모습을 어이없이 지켜보던 르웰린이 운을 뗐다.

"있잖아, 보통 싫다면 피하려고 하지 않아? 오히려 저쯤 되면 상당히 좋아한다고 봐야 하는 거 아냐?"

넓은 세상 〈307〉

정령이 보이지는 않았지만, 아렌트가 허공에 대고 실랑이하는 것으로 충분히 상황을 파악해 낸 그였다.

세일럼이 루나를 쓰다듬어 주며 머쓱하게 대답했다.

"어떻게든 한 방 먹여 보고 싶은 거죠, 루나는."

"덩치만 커진 줄 알았더니, 성질도 더러워졌어."

아렌트가 투덜대자 르웰린이 밉살맞게 쫑알거렸다.

"아무리 정령이라도 너한테 성질 더럽다는 소리는 듣고 싶지 않을 것 같은데."

물론 곧 싸늘한 눈초리를 받고서 조용히 입을 다물어야 했지만.

분위기가 살벌해지자 세일럼이 급하게 말머리를 돌렸다.

"이럴 때가 아니지. 아렌트 경, 저희는 3일 정도만 머무르다가 다시 떠나려고 해요. 그래서 한 가지 제안이 있는데……."

"아, 맞다."

세일럼이 눈짓하자 퍼뜩 정신을 차린 르웰린이 말했다.

"우리랑 같이 가지 않을래?"

"뭐?"

아렌트가 살짝 인상을 찌푸렸다.

"갑자기 무슨 소리야?"

"솔직히 내가 생각해도 좀 뜬금없긴 한데……."

머쓱하게 머리를 긁적인 르웰린이 잠깐 뜸을 들이며 세

일럼을 힐끗 보았다.

"황궁에서 이런저런 일도 많았고. 너도 좀 쉬고 싶지 않아? 그렇다고 해서 라이오스 단장의 별장에 처박혀서 아무것도 안 하는 건 네 성정에도 안 맞을 테고."

"차라리 저희랑 같이 여행하시는 건 어떨까, 하고 여쭤보는 거예요. 아렌트 경도 방랑하는 걸 싫어하시지는 않는 듯해서."

뒤이어 세일럼이 덧붙였다. 가만히 듣던 아렌트가 무심한 얼굴로 고개를 기울였다.

"듣자 하니, 한 며칠 정도 같이 놀자는 건 아닌 것 같은데. 휴직이라도 하라고?"

"최근에는 별다른 일도 없으니까, 라이오스 단장도 이해해 주지 않을까? 오히려 쌍수 들고 환영할 일이라고 생각하는데."

르웰린이 짐짓 진지하게 말했다.

"이번에 제국에서 출발하면 엘프 왕국으로 들어갈 생각이야. 잠깐 머물다가 올 생각이니, 몇 달은 걸리겠지. 머리라도 비울 겸 같이 안 갈래?"

"그러니까 갑자기 왜?"

"너, 전쟁이 끝난 뒤로도 거의 안 쉬었잖아. 잔당도 소탕하고, 폭도를 진압하고……."

아렌트가 시큰둥하게 묻자 르웰린이 답지 않게 가라앉은 목소리로 말했다.

"넌 너무 많은 일을 했어. 잠깐 자리를 비웠다가 돌아오는 것도 나쁘지 않을 거야."

"한 번 고려는 해 보세요, 아렌트 경."

세일럼 역시 곁에 앉아서 거들었다. 자신을 빤히 바라보는 두 쌍의 눈동자에, 아렌트는 저도 모르게 떨떠름한 표정을 지을 수밖에 없었다.

* * *

르웰린과의 담소 자리가 마무리된 뒤, 아렌트는 업무에 나섰다가 다시 생활관으로 복귀했다.

돌아오는 길, 나란히 걷던 아서가 지나가는 말처럼 물었다.

"왕자님이랑 무슨 이야기 했냐? 제법 길게 대화 나누는 것 같던데."

"휴직하고 본인이랑 같이 여행 가자던데요."

아렌트가 툭 짧게 내뱉었다. 그러자 아서가 눈을 휘둥그레 떴다.

"뭐? 갑자기?"

"뜬금없는 이야기죠. 갑자기 사람을 무직자로 만들어 버릴려고."

주머니에 손을 꽂아 넣은 아렌트가 투덜거렸다. 뭐라 더 말하려던 아서는 잠깐 멈칫하고 입을 다물었다. 한동안 이어진 침묵에 아렌트가 의아해지려는 찰나, 다시 아서가 운을 뗐다.

"……그래도 나쁘지 않은 이야기 아니야?"

"갑자기 선배까지 왜 그래요?"

아렌트가 미간을 살짝 찌푸렸다. 하지만 아서는 농담기를 쏙 빼고 대답했다.

"아니, 진짜로. 솔직히 너, 그동안 너무 바빴다고. 나 같았으면 전쟁이 끝난 순간부터 휴직하고 잠적해 버렸을 걸."

"그거야 선배가 지나치게 말랑한 사람이라 그런 거고요."

"뭐야?"

당장 아서가 눈을 사납게 치떴다. 아렌트는 그에게 시선도 주지 않고, 시큰둥하게 말했다.

"됐어요. 지금도 할일이 태산이니까."

"그거야 그렇다만……."

마뜩찮게 중얼거린 아서가 덧붙였다.

"그래도 생각은 해 봐. 몇 달 정도 쉬다가 오는 거잖아. 황태자 전하나 단장님도 분명 허락해 주실 걸."

"제가 알아서 해요."

아렌트의 뚱한 말에 아서 역시 더 이상 첨언하지는 않았다.

그날 밤.

모든 일과가 끝난 뒤, 아렌트는 옷을 갈아입고 침대에 들어갔다.

새벽 당직 인원을 제외하고는 모두가 잠든 시간. 사위는 그저 고요하기만 했다. 이따금 창문 밖에서 찌르르, 찌르르 벌레가 우는 소리만이 들려올 뿐이었다.

"……"

몸을 옆으로 돌려 웅크린 아렌트는 어둠 속에서 자연스럽게 상념에 빠져들었다.

'여행이라…….'

확실히 아서의 말대로 나쁘지 않은 제안이었다.

이제 와서 기사로서의 자리에만 고집할 필요는 없었다. 떠났다가도 얼마든지 돌아올 수 있을 테고, 라이오스와 칸타레스 역시 크게 반대하지 않을 듯했다.

'솔직히 여기에서 내가 더 할 일은 없지.'

아직 전쟁의 뒤처리가 다 마무리된 것은 아니었지만, 남은 것들은 다른 인원에게 맡겨도 충분히 해결 가능한 일들이었다.

'하지만 그럼에도 그다지 내키지 않는 이유는…….'

그간 온갖 일들에 짓눌려 있던 관성 때문인지도 몰랐다.

적어도 이번 세대에선, 루체나 체르니온이 이전처럼 적극적으로 개입해 오진 못할 것이다.

체르니온은 성녀를 비롯한 중진들을 모두 잃었고, 루체

는 전 대륙을 아우르던 세력이 반절 이상 깎여나갔으니까.

'지금도 루체를 따르는 신도는 꾸준히 줄어드는 추세고.'

더 이상 이 세상은 무대도 뭣도 아니다.

그러니 굳이 역할을 따질 필요 없이, 자신 역시 자유로울 수 있었다.

"……."

몸을 뒤척인 아렌트는 천장을 향해 몸을 눕혔다. 불 꺼진 천장에 창밖에서 스며든 달빛만이 일렁였다.

'넓은 세상이라.'

이전의 세상이 그랬듯, 이 세상도 꽤나 넓을 것이다.

'극'을 진행하는 내내 온 대륙을 돌아다니면서 그 점을 간접적으로나마 체험하기도 했고.

'괜찮은 제안이긴 해.'

떠나는 것도, 돌아오는 것도 분명 자유롭다.

르웰린과 아서가 한 말대로, 아무도 반대하지 않을 것이다. 쉬러 가겠다고 말하면 기쁘게 등을 떠밀지도 모를 일이고.

'결국……'

굳이 그가 이 자리를 고집할 필요도 없다는 뜻이었다.

족쇄와 의무를 억지로 짊어져야 하는 역할에서 해방되었으니까.

전쟁이 끝난 뒤 루미엘과 라이오스에게 이방인이라는 걸 들키고 나서도 떠날 엄두를 내지 못했던 그였다. 아직은 할 일이 많다고 여겼으니까.

 그러나 모든 것이 정리된 현재는 생각을 달리 해볼수도 있을 것 같았다.

 '어쩌면 지금이 기회일지도 모르지.'

 그런 느긋한 생각이 드는 것도 평화를 증명하는 듯해, 썩 나쁘지만은 않았다.

 하지만 생각이 바뀔 일은, 아마 없을 것이다.

 왜냐하면……

 아렌트는 몰려드는 수마에 굳이 저항하지 않고 눈을 감아버렸다.

* * *

"결국 거절하셨네요."

 떠날 채비를 하며 세일럼이 아쉽게 말했다.

 "아렌트 경께 그림자 종족 마을을 안내해 드리고 싶었는데."

 "시간은 앞으로도 많으니까요. 또 다른 기회가 있을 거예요."

 르웰린이 그를 위로하듯 말했다. 정작 제안을 건넸던 르웰린이 아무렇지도 않은 반응이자, 세일럼이 의아하게 물었다.

"거절당했는데, 르웰린 님은 아쉽지 않으십니까?"

"아쉽죠. 아렌트랑 같이 모험하면 분명히 재미있을 것 같았거든요. 하지만……."

르웰린이 그에게 씨익 웃어 주었다.

"뭔가 이렇게 될 줄 알았으니까? 세일럼 님도 그러셨잖아요. 쉽게 따라나설 사람이 아니라고."

"그야 그렇지만요."

세일럼이 고개를 끄덕였다.

"아렌트 경은 일을 너무 좋아하시는 것 같습니다."

"뭐……. 저마다 휴식을 취하는 방법은 다르지 않겠어요?"

말에 짐을 실으며 르웰린은 3기사단 생활관을 보았다. 두 사람이 먼 길을 떠나는 날인데도, 아렌트는 배웅하러 나오지 않았다.

황성 외곽에서 느닷없이 벌어진 소동에 대응하러 급히 출발한 탓이었다.

"본인이 있을 자리는 본인이 고른다는 거겠죠. 어쩌면 그놈한테는 지금이 제일 마음 편한 순간일지도 몰라요."

전쟁이 끝나기 전까지 아렌트는 어느 한 곳에도 발 붙이지 못한 사람처럼 보였다.

하지만 지금은 좀 달랐다.

어쩌면 아렌트는, 그간 먼 여행을 하다 이제야 집에 돌아온 기분일지도 몰랐다.

그런 사람에게 함께 떠나자고 더 조르는 것도 못 할 짓이었다.

"옳은 말씀이에요. 그나저나……."

순순히 수긍한 세일럼은 주머니에서 작은 가죽 꾸러미를 꺼내 보았다.

아렌트가 급하게 출동하기 전 그에게 쥐여 준 물건이었다.

"아렌트 경 치곤 별난 부탁을 하셨네요. 이걸 네레이스 님의 신전에 봉헌해 달라니. 이거, 아렌트 경이 귀걸이로 하고 다니던 진주잖아요."

"어, 세일럼 님. 그거 모르십니까?"

말 안장을 정리하던 르웰린이 눈을 동그랗게 떴다.

"그 진주, 네레이스 님의 성물이래요. 루카인 왕국의 지하 신전에서 발견했다던데."

세일럼은 하마터면 꾸러미를 떨어뜨릴 뻔했다. 급하게 양손으로 진주를 받쳐 든 세일럼이 더듬더듬 물었다.

"네, 네? 이게 뭐라고요? 성물?"

"네. 이제 필요없으니, 주인에게 돌려준다고……."

"도대체 그 사람은……."

르웰린의 대답에 세일럼이 한숨을 푹푹 내쉬었다. 세일럼은 진주가 든 꾸러미를 아까보다 더욱 깊숙이 주머니 속에 갈무리했다.

르웰린이 그를 향해 씨익 웃었다.
"준비는 다 되셨습니까? 출발할까요?"
"너무 놀라서 심장이 좀 아프긴 한데……. 이제 가요."
세일럼이 일부러 가슴 위에 손을 얹어 보이며 고개를 끄덕였다.

함께 말 위에 오른 두 사람이 동시에 박차를 가했다. 곧 나란히 달리기 시작한 말 두 필이 조용히 황궁을 빠져 나갔다.

외전 7장. 훨훨 멀리 날아가라.

훨훨 멀리 날아가라.

낡아빠진 극장 입구에서, 어울리지도 않는 소동이 벌어졌을 때.
"내가 내 아들 얼굴 좀 보겠다는데! 다 안 비켜!"
"가세요! 가시라고요!"
"경찰 부를 겁니다!"
이수현은 처음 보는 표정을 짓고 있었다.
당혹감과 놀람, 그리고 미처 숨기지 못한 두려움과 공포. 입구에서 행패를 부리는 남자보다, 강창우는 이수현의 반응 때문에 가슴이 섬뜩해지는 것을 느꼈다.
"야, 넌 들어가 있어."
"……어어."
강창우는 이수현을 급하게 안쪽으로 이끌었다. 이수현

은 차마 뿌리칠 생각도 하지 못하고, 강창우가 끌어당기는 대로 끌려갔다.

"야! 수현아! 니 애비잖아! 이수현!"

그런 와중에도 이수현의 시선은 악을 쓰는 아버지에게 닿아 있었다. 그 순간 이수현이 무슨 생각을 하고 있었을지, 강창우는 차마 헤아려 볼 엄두조차 나지 않았다.

"너 괜찮냐?"

며칠 뒤.

모두의 기억에서 그 사태가 다소 흐려질 때쯤에야 강창우는 이수현에게 그리 물을 수 있었다. 연습이 끝난 뒤, 단둘이 남아 뒷정리를 할 때였다.

"뭐가?"

제법 천연덕스러운 얼굴이었다. 덕분에 강창우는 한숨을 푹 내쉴 수밖에 없었다.

"내가 무슨 이야기를 하는 것 같냐? 이 새끼야."

"아버지 일이라면 괜찮아. 이래저래 민폐 끼친 건 좀 빡치지만."

다소 날카로운 말에 이수현이 심드렁하게 대답했다.

"옛날에 나 버리고 간 아버진데. 갑자기 돈이 필요해진 모양이더라고. 신경 안 써도 돼. 민폐 끼친 건 내가 나중에 다른 애들한테도 사과할게."

"……너라는 인간은 진짜……."

이수현은 아무렇지도 않게 말했지만, 강창우는 그런 그가 답답해서 미칠 것 같았다.

"야. 내가 지금 걱정하는 건 너라고. 민폐니 뭐니 하는 게 중요할 것 같냐?"

"내가 괜찮다는데 넌 또 왜 난리야?"

"안 괜찮아도 괜찮다고 말하잖아, 넌."

"알고 있으면 조용히 해, 이 새끼야. 안 그래도 속 쓰려서 뒤질 것 같으니까."

강창우를 한 번 흘겨본 이수현이 커다란 상자를 바닥에 아무렇게나 내려놓았다.

쿵. 육중한 소리에 뒤이어 이수현 역시 근처에 있던 계단 소품에 대충 걸터앉았다.

"……몰라. 험한 꼴 봤으니 두 번 다시 찾아오진 않겠지. 너도 너무 신경 쓰지 마."

그렇게 말하는 이수현의 낯에는 역력한 피로감이 녹아 있었다. 앞서 연습하는 동안에는 전혀 찾아볼 수 없던 거였다.

얼굴을 한 번 쓸어내린 이수현이 쓴 미소를 입에 담았다. 잠깐 동안 뜸을 들인 뒤, 이수현이 농담처럼 한마디를 툭 내뱉었다.

"보기 안쓰러우면 술이라도 한잔 사 주던가."

"왜 그 말을 안 하나 했다, 이 자식아."

그제야 강창우 역시 표정을 풀 수 있었다.

그날 저녁, 두 사람은 늦은 시간까지 술잔을 기울이다, 극장의 대기실에 처박혀서 곯아떨어진 채 아침을 맞이했다.

 사실 강창우도 잘 알고 있었다.

 고작 술 한잔 정도로 씻어질 상처가 아니라는 것을.

 하지만 이수현이 접근을 허락하는 것은 딱 거기까지니, 강창우도 거기에서 만족할 수밖에 없었다.

 '언제나 그런 식이었지.'

 캐스팅 제안이 왔을 때도, 월세를 내지 못해서 한동안 극장에서 숙식을 해결해야 했을 때도 그랬다.

 이수현은 단 한 번도 도와 달라는 말을 꺼낸 적이 없었다.

 사실상 그날의 술자리 역시 이수현보다는 그를 위로하고 싶어 안달 난 자신을 위한 것이었다.

 강창우는 그 일이 있고 얼마 지나지 않아, 이수현의 부친이 사망했다는 것조차도 모르고 있었으니.

 이수현이 사고를 당한 뒤 급하게 가족을 찾느라 수소문하다가 겨우 알아낸 사실이었다.

 '망할 새끼.'

 그는 끝끝내 누구에게도 곁을 내어 주지 않은 채 떠나 버렸다.

 자신이 그토록 사랑하던 무대를 끌어안은 채로.

* * *

"넌 요즘 좀 괜찮아?"

김혜인이 강창우에게 조심스럽게 물었다.

오랜만에 카페에서 만난 옛 극단 동료였다. 잠깐 뜸을 들이던 강창우가 짐짓 아무렇지도 않게 말했다.

"내가 안 괜찮을 게 뭐가 있어. 괜찮아."

"많이 힘들어했잖아. 수현이랑 제일 친했으니 당연한 일이지만."

"그 야속한 새끼 말이지."

강창우의 낯에 쓴 미소가 드리웠다.

오늘은 이수현이 죽은 지 꼭 1년이 되는 날이었다. 그래서 오랜만에 연락이 닿은 김혜인과 잠시 얼굴이라도 볼 겸 만나게 된 것이다.

강창우가 새삼스럽게 읊조렸다.

"벌써 1년이나 됐다니……. 말도 안 돼."

"아직도 얼굴이 좀 안 좋은데. 밥은 잘 챙겨 먹고 다니는 거 맞지? 다른 애들이 걱정하더라."

"하하……."

김혜인의 잔소리에 강창우가 어색한 웃음으로 얼버무렸다.

"다른 녀석들도 잘 지내나 보네. 난 거의 연락을 안 하니까……."

그는 앞에 놓인 커피 쪽으로 시선을 떨어뜨렸다.

"뭐랄까. 사실 아직도 꿈 같긴 한데."

괜히 매끄러운 잔을 만지작대는 손끝에서 그의 심란함이 고스란히 드러나고 있었다.

"……꼭 시간이 멈춘 것 같기도 하고."

이게 강창우의 솔직한 생각이었다.

이수현이 죽은 뒤, 그들은 더 이상 극장을 유지할 수 없게 되었다.

낡은 극장에서 꿈을 이야기하던 이들은 모두 뿔뿔이 흩어졌다.

강창우도 부모님의 닦달에 못 이겨 안정적인 일자리를 찾아 취업했다.

하지만 아직도 강창우는 아직도 착각에 휩싸이고는 했다.

"극장 문을 열고 들어가면, 아직도 그 녀석이 대기실에서 꾸벅꾸벅 졸고 있을 것 같단 말이지."

"아르바이트하고 나서 피곤에 찌든 얼굴로?"

김혜인이 장난스럽게 말하자 강창우가 웃으며 고개를 끄덕였다.

"아니면 또 컵라면이나 먹고 있던가. 고전극 대본을 들여다보고 있던가……."

"그치……. 그랬지."

마치 꿈을 꾸는 것처럼 김혜인이 중얼거렸다.

낡은 극장에는 언제나 이수현이 있었다.

이수현은 자신의 집보다 극장에서 더 오래 생활하는 듯했다. 자신의 단칸방보다 극장이 훨씬 더 쾌적하다는 이유에서였다.

하지만 그 행동도 결국 애정에서 기반했음을, 그들은 누구보다도 잘 알고 있었다.

"……그 녀석, 나 원망하려나."

잠깐 침묵하던 강창우가 운을 뗐다.

"혼자 내버려두고 가지 않았더라면 죽지 않았을지도 모르잖아."

"에이. 그놈이 누구 원망할 위인이야?"

김혜인이 턱을 괴며 일부러 능청스럽게 말했다.

"까칠한 듯하면서도 부처가 따로 없었지. 뭐든지 입 꾹 다물고 감내하기만 하고."

돈이 없다, 먹고 살기 힘들다.

입으로는 언제나 그렇게 툴툴댔다. 하지만 그마저도 너스레에 불과했다. 이수현은 그런 식으로 주변 사람들과 쉽게 섞이면서도 은근슬쩍 거리를 두는 못된 습관이 있었다.

"결국 끝까지 제 버릇을 못 버려서……. 결국엔 혼자 떠나고."

강창우가 다 식은 커피를 내려다보며 혼잣말처럼 중얼거렸다.

"나쁜 새끼."

1년 전 오늘, 그의 빈소를 지키던 날이 떠올랐다.

가족도 친척도 없던 수현에게는 사후 '무연고자'라는 딱지가 붙었다. 그런 이수현을 위해 빈소를 차리고 약소하게나마 장례를 치러 준 것은 극장의 이들이었다.

찾아오는 사람은 아무도 없었다.

"그냥 모르는 척, 눈치 없는 척 참견이라도 더 할 걸."

"지금 생각해 봤자 뭐 해. 넌 너대로 최선을 다한 거야. 나도 그렇고."

김혜인이 창문 밖으로 시선을 던지며 말했다.

"그리고 딱히 혼자도 아니었을걸. 너 같은 참견쟁이가 옆에 있었으니까."

"어?"

강창우의 얼빠진 목소리에 김혜인은 시선을 돌려 그를 마주 보았다.

"너도 알고 있잖아. 수현이가 의외로 사람을 꽤 좋아했다는 거."

"……."

"단지 다가오는 사람 막지 않고, 떠나는 사람을 막지 않는 게 그 녀석의 방식이었을 뿐이지."

강창우가 눈을 멍하니 깜빡였다. 그와 눈을 마주치며 김혜인이 또박또박 말했다.

"너는 끝까지 그 녀석 옆을 떠나지 않았고."

"……."

"그 정도면 됐다고 생각해. 수현이도 그걸로 만족했을 테고."

"하지만……."

"너 자꾸 그러는 것도 실례인 거 알아?"

강창우가 뭐라 항변하려 하자 김혜인이 그에게 눈을 흘겼다.

"걔 옆엔 우리가 있었어. 우리 옆에는 걔가 있었고. 그 녀석도 그래서 외롭지 않을 수 있었던 거야."

"네가 그걸 어떻게 아는데?"

괜한 고집이 든 강창우가 불퉁하게 물었다. 그러자 노골적으로 한심하다는 시선이 돌아왔다.

"기억은 하나 모르겠네. 수현이가 생각보다 잘 웃었다는 거."

"……."

순간 강창우는 말문이 막히고 말았다.

"술 먹고 휘청대는 꼴도 네 앞에서 유난히 자주 보였지. 적어도 너만큼은, 그리고 우리만큼은 편하게 여겼다는 말이야."

"……그런가."

"네가 자꾸 그런 식으로 행동하는 건, 수현이가 기껏 준 마음까지도 무시해 버리는 거라고. 그 녀석이 떠날 때 어디 혼자 있기만 했어?"

김혜인의 타박이 이어졌다. 돈을 모아서 조촐한 장례를

치르는 동안, 극장의 단원들은 단 한 사람도 먼저 자리를 벗어나지 않았다.

마치 모두 그래야 한다고 생각하는 것처럼.

"그러니까 좋은 것도 떠올려 줘. 그 녀석도 마음 편하게 떠날 수 있게."

"……."

"언제까지나 그 낡은 극장에 갇혀 있게 둘 수만은 없잖아."

김혜인의 어조는 어느새 달래는 것으로 변해 있었다.

그녀의 목소리에 귀를 기울이며, 강창우는 조용히 눈을 내리깔았다.

* * *

김혜인과 헤어지고 카페에서 빠져나온 뒤, 강창우는 목적지를 두지 않고 하염없이 걷기만 했다.

유난히도 날씨가 맑았다. 햇빛이 세다며 이수현이 투덜거릴 만한 하늘이었고…….

"……."

어쩐지 그의 목숨을 앗아간 조명과도 묘하게 닮아 보였다.

'좋은 거라.'

아직도 눈에 선했다.

'무대 위에 있는 그 녀석은 항상 멋졌지.'

무대 위에서 자신만만하게 내뻗는 손끝, 유난히도 잘 울려 퍼지던 듣기 좋은 목소리. 사람들을 매료시키던 연기와 무대 뒤로 돌아와 시원스레 웃던 얼굴.

이수현이 올라가는 순간, 작고 낡아빠진 무대에는 새로운 세상이 펼쳐지곤 했다.

스포트라이트 아래의 이수현은 언제나 소름 끼치도록 매력적이었다.

달콤한 사랑 이야기나 비장한 모험, 우스꽝스러운 광대 짓까지.

무대 위에서 이수현에게 불가능한 것은 존재하지 않았다.

"……아."

정처 없이 걷던 강창우는 자신이 어느새 극장이 있던 골목까지 다다랐다는 것을 깨달았다.

그곳에서 더 이상 옛 모습은 찾아볼 수 없었다.

지하 극장으로 통하던 작은 입구는 온갖 네온사인으로 가득 차 있었다.

"……."

오래된 극장은 온데간데없이 사라지고, 휘황찬란한 술집과 식당들이 대신 그 자리를 차지한 채였다.

처음 보는 것도 아니건만, 어쩐지 강창우는 온몸에서 힘이 쭉 빠져나가는 것 같았다.

'정말 말도 안 되는 소리지만…….'

가능하다면, 그의 연기를 한 번 더 보고 싶었다.

하지만 이수현은 이 세상 사람이 아니었다.

그를 추억할 장소까지도 잃어버렸다.

반짝이는 간판을 멍하니 보던 강창우가 읊조렸다.

"……너한텐 어느 곳이든 무대가 될 수 있겠지."

낡아빠진 극장 정도로는 녀석의 성에 안 찼을 것이다, 분명히.

그렇다면 자신 역시 그를 놓아주는 것이 옳을 것이다. 김혜인의 말대로 언제까지나 이수현을 이젠 존재하지도 않는 극장에만 가둬 둘 수는 없었으니까.

"훨훨 멀리 날아가라, 넌."

미련 두지 말고, 돌아보지도 말고.

"나는 나대로 살아 볼 테니까."

그게 살아남은 사람이 견뎌야 할 몫이었다.

들을 사람 없는 혼잣말이 청명한 하늘에 흩어졌다.

강창우는 몸을 돌려 옛 극장 자리를 등져 버렸다. 한참 동안 머뭇대던 그는 가까스로 한 발짝 앞으로 나섰다.

한 걸음, 그리고 또 한 걸음.

그렇게 강창우는 가장 마지막으로 극장에서 떠났다.

(배신 기사의 유쾌한 신의 완결)